1. vous avez pensé à appeler Londres ?
2. disponible
3. j'ai prévu un point par téléphone plus tard dans la journée
4. Transférez l'appel
5. en route
6. ascenseur
7. hall
8. je descends au plus vite

AHAAAAAAAH!
WHIRRRRR....

1. Attends un peu

2. Ouais. Devoir de français et d'histoire.

3. Je t'ai à peine vu de toute la semaine

4. C'est le fait de ne pouvoir parler à personne

5. Le fait de dire à mes amis que j'étais absent

6. grippe

7. chochotte

8. Ça me rend dingue.

9. Ça te soûle, tu veux dire.

10. T'as qu'une envie, c'est entendre sonner ton bipeur d'agent secret. C'est ça, ton problème.

1. espion
2. pourtant
3. De toute façon
4. qui n'as pas le droit de

5. s'est fait agresser
6. argent de la cantine
7. directement
8. Quelqu'un devrait s'occuper de lui
9. Des trucs ont été volés
10. empoisonne
11. Prends soin de toi !

RIVERVIEW HOUSE
ALL VISITORS REPORT TO SITE OFFICE
PUTNEY BRIDGE, LONDON
NOW WHERE'S HE GOING...?
SKODA LIVES ON A BARGE[1]?

1. péniche

1. Rien dans les parages...

2. Beurk

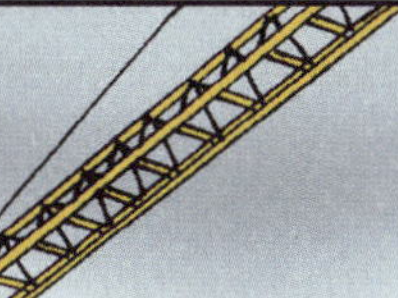

1. usine à drogues flottante

2. mieux encore

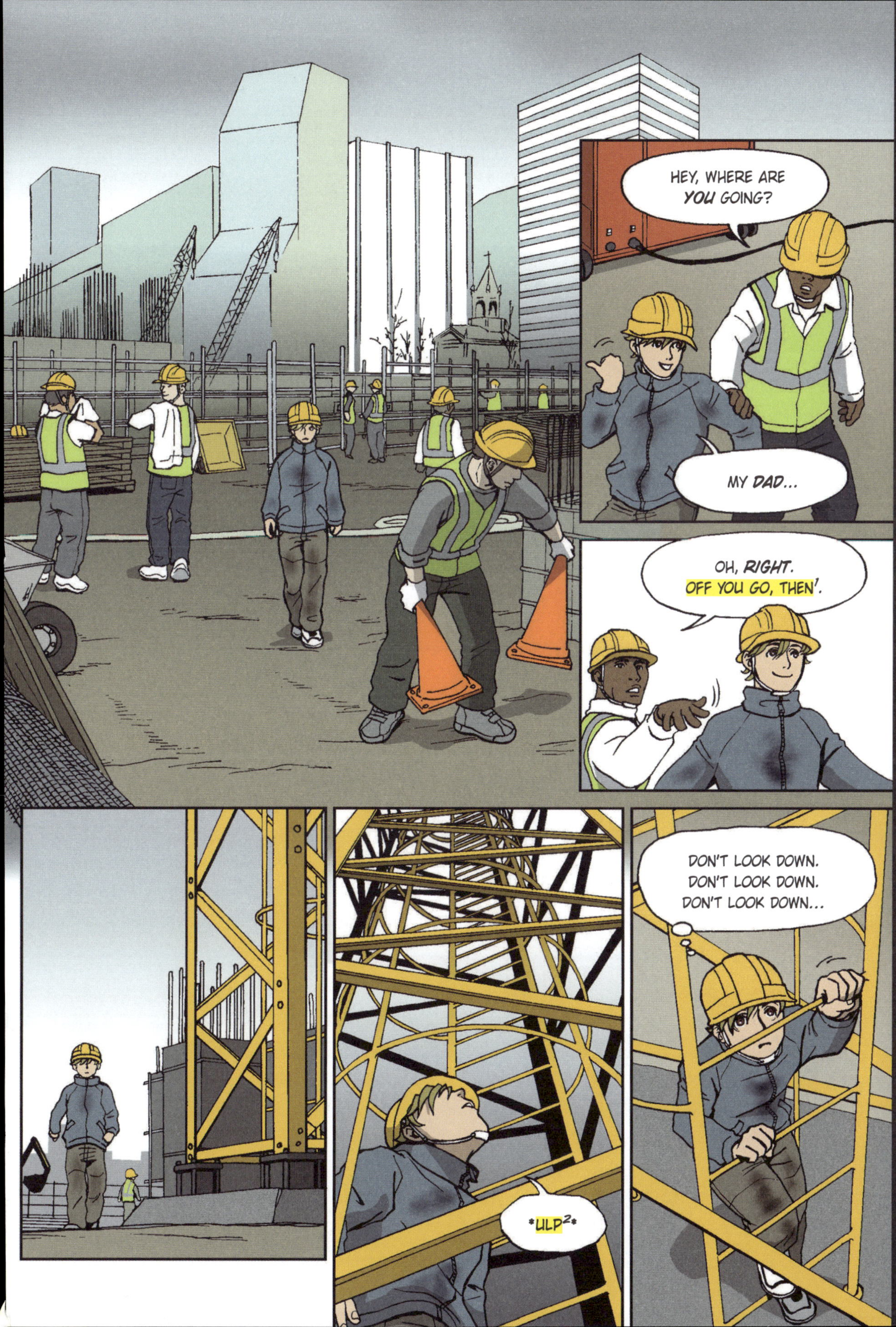

HEY, WHERE ARE *YOU* GOING?

MY *DAD*...

OH, *RIGHT*. OFF YOU GO, THEN[1].

1. Vas-y alors

ULP[2]

2. gloups

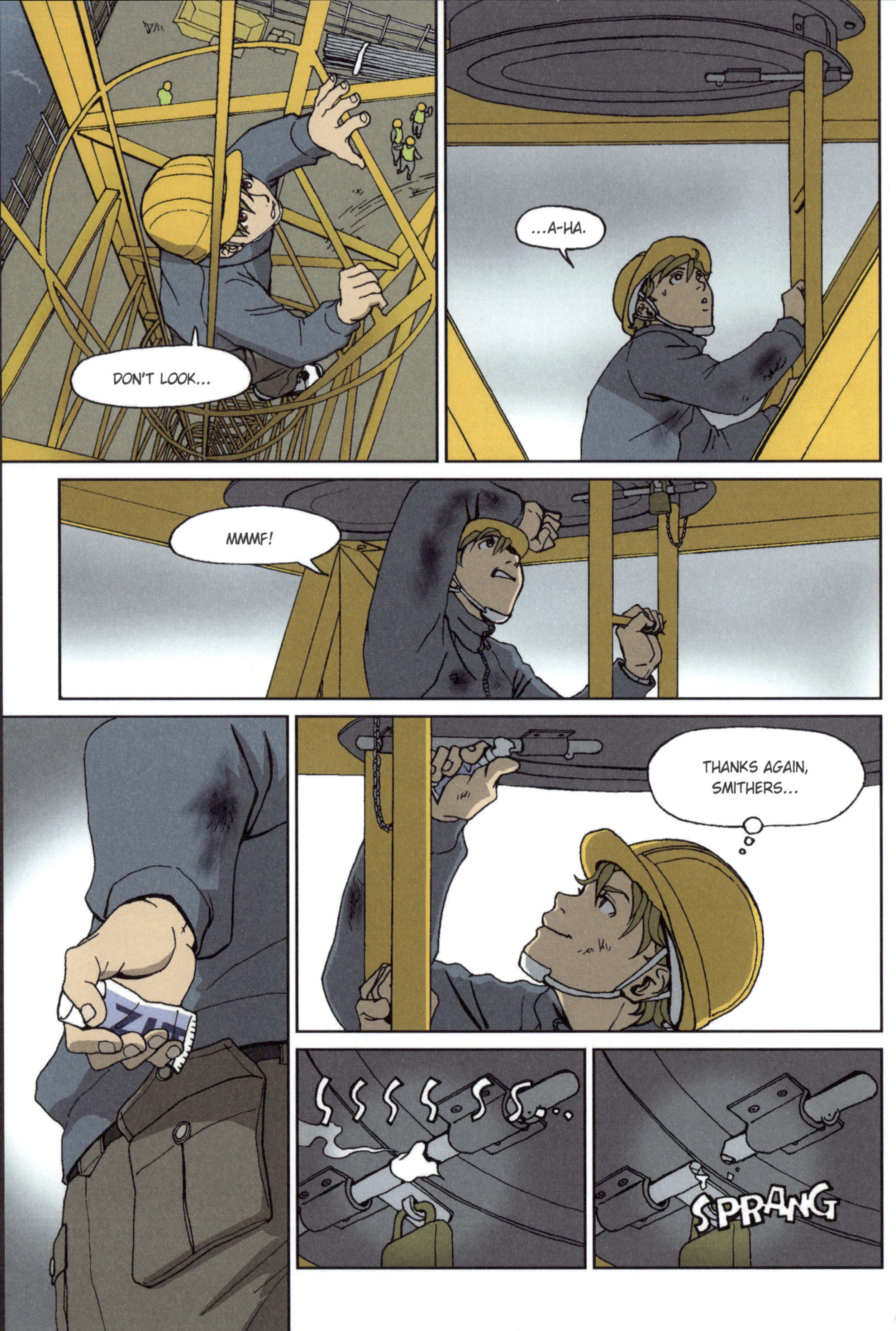
DON'T LOOK...
...A-HA.
MMMF!
THANKS AGAIN, SMITHERS...
SPRANG

1. ça a l'air plutôt facile

2. Alors je lui ai dit, si ça c'est d'équerre, moi je suis la reine d'Angleterre... [littéralement, moi je suis un Hollandais]

3. C'est sûr.

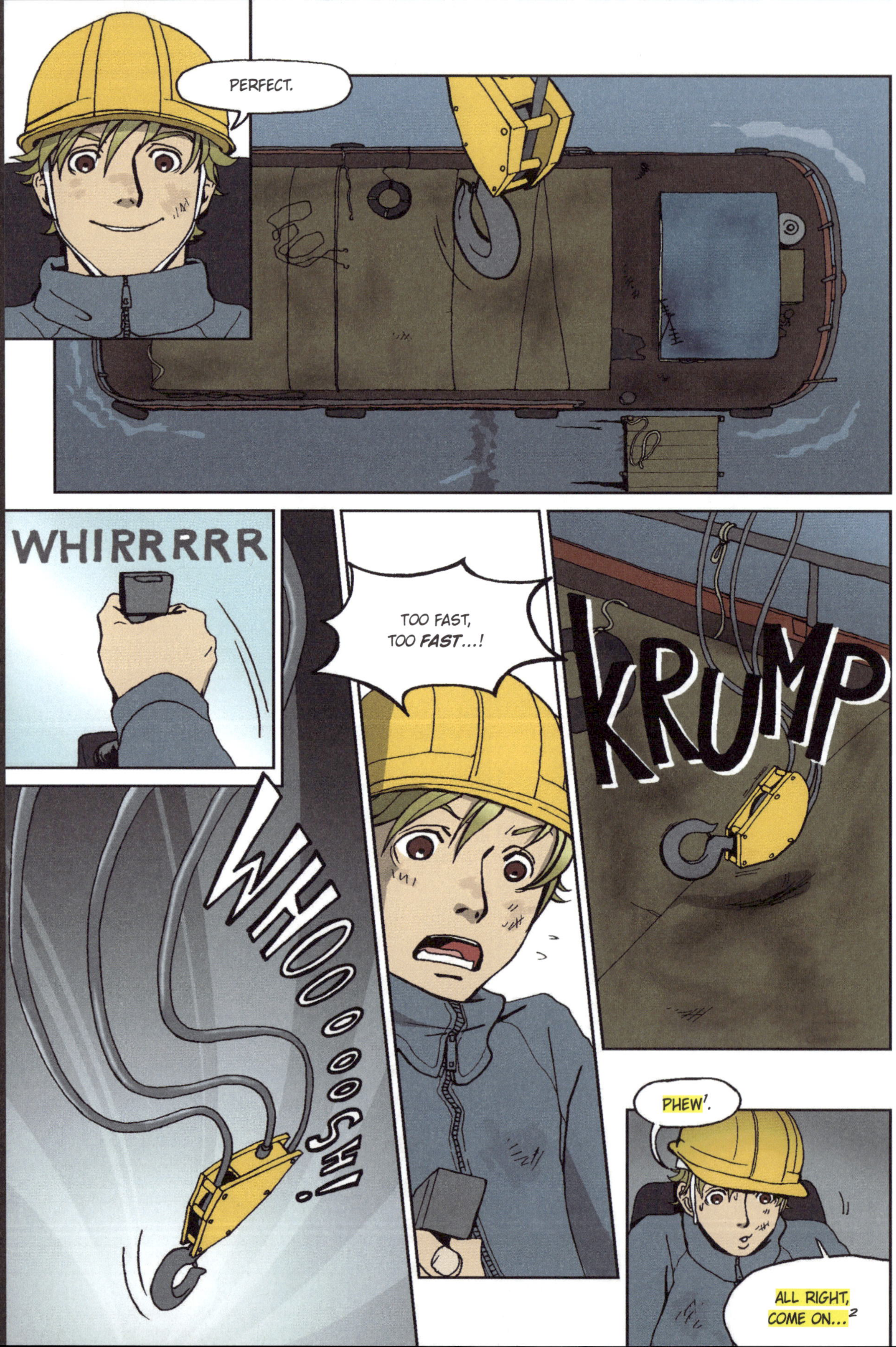

WHIRRRRR

WHOOOOOOSH!

TOO FAST, TOO *FAST*...!

KRUMP

PHEW[1].

ALL RIGHT, COME ON...[2]

1. Ouf

2. OK, allez...

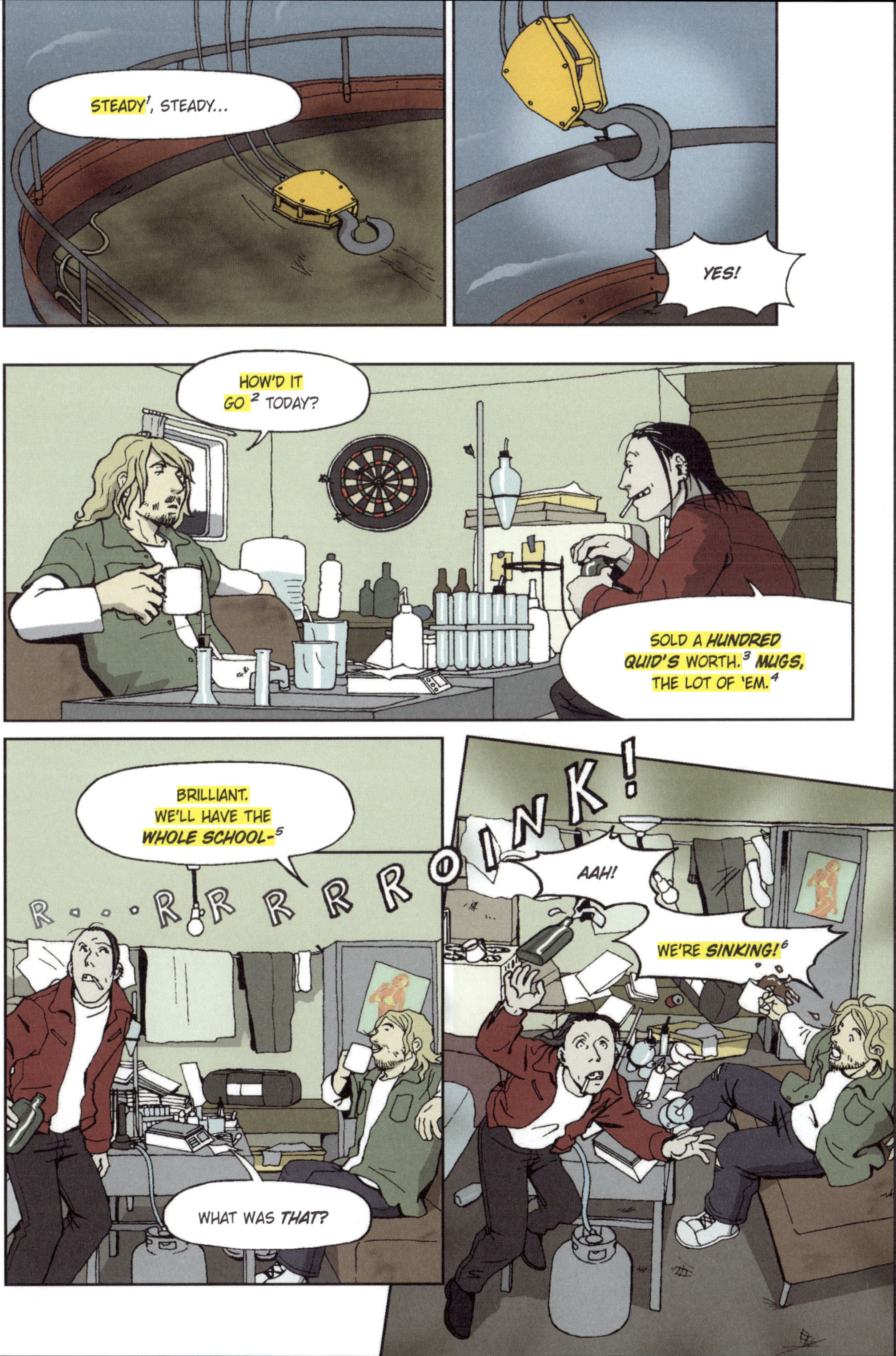

BRILLIANT. WE'LL HAVE THE ***WHOLE SCHOOL-***[5]

R...RRRRRROINK!

WHAT WAS ***THAT?***

AAH!

WE'RE ***SINKING!***[6]

1. Doucement

2. Comment ça s'est passé [« How did it go »]

3. J'en ai vendu pour cent livres.

4. Tous des cons.

5. Génial, maintenant tout le collège va...

6. On coule !

1. La porte est coincée !

2. On est pris au piège !

3. Ça marche !

1. Grutier, ici le poste de contrôle. Qu'est-ce que vous foutez, bordel ? À vous !

2. là-haut

3. baissez le crochet

4. Vous mettez en danger

5. Je veux juste les emmener au poste de police

1. négligé
2. implication
3. nous n'avons jamais eu autant de succès
4. nous ne nous reposerons pas sur nos lauriers
5. Très prochainement
6. avancée majeure

1. [KOF = cough (tousser)]

2. C'est quoi ça encore...?

3. Euh...

4. Est-ce que tu te rends compte de ce que tu viens de faire ?

5. statistiques

6. chute

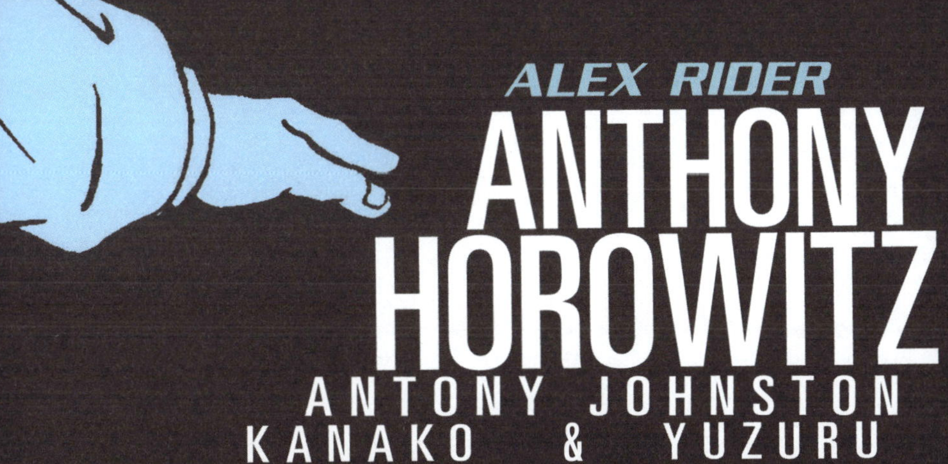

ALEX RIDER

ANTHONY HOROWITZ

ANTONY JOHNSTON

KANAKO & YUZURU

HARRAP'S

GRAPHIC NOVELS

POINT BLANC

Graphic Novelisation by Antony Johnston
Illustrated by Kanako and Yuzuru

Published by arrangement with Walker Books Limited
87 Vauxhall Walk, London SE11 5HJ
www.walker.co.uk

21, rue du Montparnasse
75283 Paris Cedex 06

HARRAP's® est une marque de Larousse SAS
www.harrap.com

ISBN 978 2 81 870349 6

Direction de la publication : Carine Girac-Marinier
Direction éditoriale : Claude Nimmo
Notes en marge : Martyn Back
Révision des notes : Giovanni Picci
Relecture : Élisabeth Le Saux
Informatique éditoriale : Philippe Cazabet, Marie-Noëlle Tilliette
Mise en pages : Sophie Rivoire
Fabrication : Rebecca Dubois
Remerciements à Marie Gabiache

1. Je me suis demandé

2. quand ils ont fini de vérifier mon nom dans l'ordinateur

3. Par ici

4. Et mon vélo ?

HANG ON, ***THIS*** ISN'T THE WAY ***HOME!***[1]

OH, WELL ***DONE***[2]. WITH OBSERVATION SKILLS[3] LIKE ***THAT***, YOU SHOULD BE A ***SECRET AGENT***.

SO WHERE ***ARE*** WE GOING?

LIVERPOOL STREET

ROYAL & GENERAL BANK

THE ***ROYAL & GENERAL BANK...***

THIS IS ANOTHER SECRET ENTRANCE INTO ***MI6***[4], ISN'T IT?

IF I ***TOLD*** YOU, ALEX, I'D HAVE TO ***KILL*** YOU.[5]

ONLY JOKING.[6]

GOING ***UP.***[7]

1. Attends, la maison n'est pas par là !

2. bravo

3. talents

4. [les services secrets britanniques]

5. Si je te le disais, Alex, il faudrait que je te tue.

6. Je plaisante.

7. On monte.

THAT'S JUST WHAT I WAS GOING TO SAY.[2]
WHAT ON EARTH WERE YOU THINKING?[3] YOU'VE DONE AN ENORMOUS AMOUNT OF DAMAGE.[4] YOU PRACTICALLY DESTROYED A TWO MILLION POUND CONFERENCE CENTRE.
IT'S A MIRACLE NO ONE WAS KILLED!

1. Je ne m'attendais pas à te revoir si vite.

2. C'est exactement ce que j'allais dire.

3. Non mais qu'est-ce qui t'a pris ?

4. Tu as causé des dégâts énormes.

5. ministre de l'Intérieur

6. C'est ce qu'on a découvert.

7. [Numéro de la police secours au Royaume-Uni]

8. [il soupire]

9. On avait l'intention de t'appeler, de toute façon.

1. J'ai suffisamment de retard en classe comme ça !

2. Et si ça ne m'intéresse pas ?

3. gouvernante

4. Oh là là ! Ça a tout l'air d'être une grave erreur.

5. Bien sûr, un simple appel pourrait rectifier cette erreur...

6. Allons

7. Pourquoi continuer à faire semblant d'être un élève comme les autres ?

8. De quoi s'agit-il cette fois ?

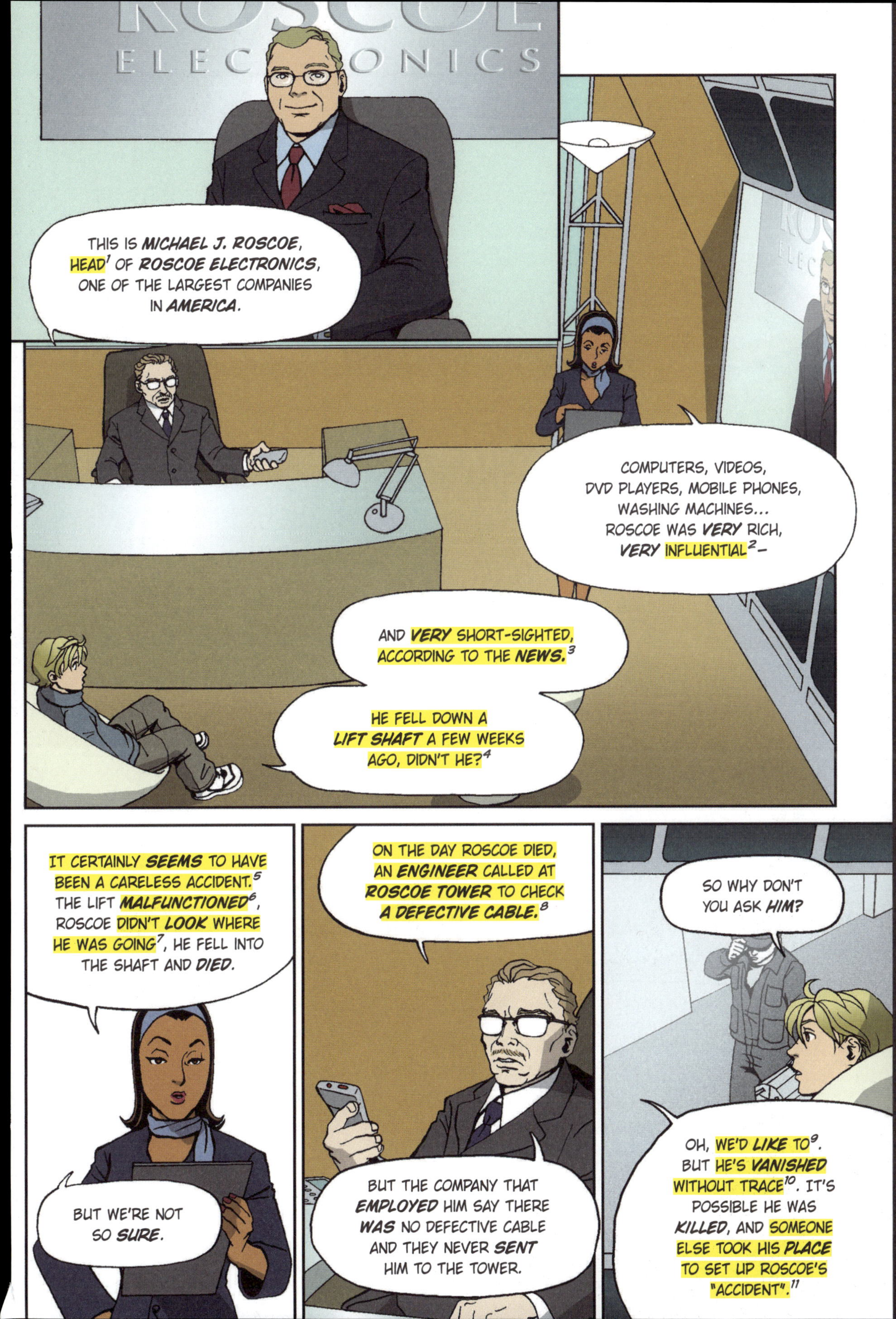

THIS IS ***MICHAEL J. ROSCOE***, HEAD[1] OF ***ROSCOE ELECTRONICS***, ONE OF THE LARGEST COMPANIES IN ***AMERICA***.

COMPUTERS, VIDEOS, DVD PLAYERS, MOBILE PHONES, WASHING MACHINES... ROSCOE WAS ***VERY*** RICH, ***VERY*** INFLUENTIAL[2]–

AND ***VERY*** SHORT-SIGHTED, ACCORDING TO THE ***NEWS***.[3]

HE FELL DOWN A ***LIFT SHAFT*** A FEW WEEKS AGO, DIDN'T HE?[4]

IT CERTAINLY ***SEEMS*** TO HAVE BEEN A CARELESS ACCIDENT.[5] THE LIFT ***MALFUNCTIONED***[6], ROSCOE DIDN'T ***LOOK*** WHERE HE WAS GOING[7], HE FELL INTO THE SHAFT AND ***DIED***.

ON THE DAY ROSCOE DIED, AN ***ENGINEER*** CALLED AT ***ROSCOE TOWER*** TO CHECK ***A DEFECTIVE CABLE***.[8]

BUT THE COMPANY THAT ***EMPLOYED*** HIM SAY THERE ***WAS*** NO DEFECTIVE CABLE AND THEY NEVER ***SENT*** HIM TO THE TOWER.

SO WHY DON'T YOU ASK ***HIM***?

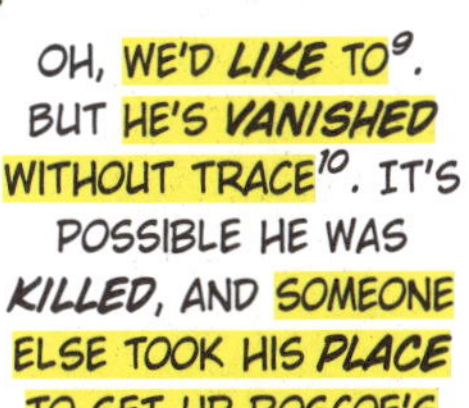

1. patron

2. influent

3. très myope, d'après les infos.

4. Il est tombé dans une cage d'ascenseur il y a quelques semaines, non ?

5. Tout, en apparence, laisse penser que c'est un accident dû à un moment d'inattention.

6. a mal fonctionné

7. n'a pas regardé devant lui

8. Le jour de la mort de Roscoe, un ingénieur s'est rendu à la tour Roscoe pour contrôler un câble défectueux.

9. on aimerait bien

10. il a disparu sans laisser de trace

11. quelqu'un d'autre a pris sa place pour mettre en scène le soi-disant « accident » de Roscoe

WELL. I'M VERY **SORRY** ABOUT MR ROSCOE. BUT WHAT'S IT GOT TO DO WITH **ME?**[1]

THE DAY **BEFORE** HE DIED, ROSCOE MADE A PERSONAL CALL TO **THIS** OFFICE, ASKING FOR **MR BLUNT**.

I MET ROSCOE AT **CAMBRIDGE UNIVERSITY**, A LONG TIME AGO. WE BECAME **FRIENDS**.

UNFORTUNATELY, I WASN'T HERE TO **TAKE THE CALL**[2]. I ARRANGED TO SPEAK WITH HIM THE NEXT DAY, BUT BY THEN IT WAS **TOO LATE.**[3]

WHAT DID HE WANT?

I SPOKE TO HIS **ASSISTANT**, AND IT SEEMS MR ROSCOE WAS VERY CONCERNED ABOUT[4] HIS SON, **PAUL**.

PAUL IS FOURTEEN.

AND AN **ONLY CHILD**[5]. HE AND ROSCOE HAD A **DIFFICULT** RELATIONSHIP AFTER MICHAEL **DIVORCED** A FEW YEARS AGO.

PAUL CHOSE TO LIVE WITH HIS FATHER, BUT THEY DIDN'T REALLY GET **ON**[6].

PAUL WAS DOING BADLY AT **SCHOOL**. HE WAS PLAYING **TRUANT,** HANGING AROUND WITH A **BAD CROWD,** GETTING INTO TROUBLE WITH THE **POLICE...**[7]

I SPOKE TO ROSCOE FROM TIME TO TIME, AND HE **WAS** WORRIED THAT PAUL WAS GETTING OUT OF **CONTROL**. BUT THERE DIDN'T SEEM MUCH HE COULD **DO**.

1. Qu'est-ce que j'ai à faire là-dedans ?

2. je n'étais pas là pour répondre à l'appel

3. J'ai prévu de le rappeler le lendemain, mais à ce moment-là il était trop tard.

4. préoccupé par

5. enfant unique

6. ils ne s'entendaient pas très bien

7. Il séchait les cours, il avait de mauvaises fréquentations, des ennuis avec la police...

1. Alors c'est pour ça que vous avez fait appel à moi ?

2. Jusqu'à

3. Mais il lui est également arrivé quelque chose.

4. Un accident de bateau

5. Ils ne se sont jamais rencontrés, à ma connaissance.

6. révélé

7. sans aucun doute

8. « école des bonnes manières »

ISN'T THAT WHERE RICH PEOPLE USED TO SEND THEIR DAUGHTERS, TO LEARN TABLE MANNERS?[1]

THAT'S RIGHT. BUT THIS SCHOOL IS FOR BOYS ONLY, AND NOT JUST ORDINARY BOYS.

POINT BLANC

THE FEES[2] AT POINT BLANC ARE TEN THOUSAND POUNDS A TERM[3].

IT'S RIGHT ON THE FRENCH-SWISS BORDER[4], IN THE FRENCH ALPS.

THE NAME LITERALLY MEANS "WHITE POINT".

IT'S A REMARKABLE PLACE, AS YOU CAN SEE. BUILT AS THE PRIVATE HOME OF SOME LUNATIC IN THE NINETEENTH CENTURY.[5]

WHEN HE DIED, IT BECAME AN ASYLUM[6].

THEN THE GERMANS TOOK IT OVER[7] IN THE SECOND WORLD WAR, AS A LEISURE CENTRE FOR THEIR SENIOR STAFF[8]. AFTER THAT IT FELL INTO DISREPAIR...[9]

...UNTIL BOUGHT BY ITS CURRENT OWNER, THE ENIGMATIC PRINCIPAL OF POINT BLANC ACADEMY.[10]

DR HUGO GRIEF.

POINT BLANC TAKES IN[11] BOYS WHO HAVE BEEN EXPELLED[12] FROM ALL THEIR OTHER SCHOOLS.

THERE ARE ONLY EVER SIX OR SEVEN PUPILS AT A TIME.[13]

1. Ce n'est pas là où les riches envoyaient leurs filles autrefois, pour leur apprendre comment bien se tenir à table ?

2. frais de scolarité

3. dix mille livres par trimestre

4. C'est pile à la frontière franco-suisse

5. Construit au dix-neuvième siècle pour servir de demeure privée à un fou quelconque.

6. asile

7. l'ont réquisitionné

8. pour servir de lieu de villégiature à leurs hauts dignitaires

9. Puis, il est tombé en désuétude...

10. ... jusqu'à ce que le propriétaire actuel, l'énigmatique proviseur de l'Académie Point Blanc, l'achète.

11. accueille

12. expulsés

13. Il n'y a jamais plus de six ou sept élèves à la fois.

1. L'établissement a été créé il y a vingt ans, et la liste des clients est à peine croyable.

2. Et alors ?

3. Là où les autres voient une simple coïncidence, moi je vois un complot.

4. Vous pensez vraiment que ce Grief avait quelque chose à voir avec la mort de Roscoe et d'Ivanov ?

5. inquiet

6. dispute

7. lien

1. On s'est déjà arrangés pour te donner un père riche.

2. Comme celui des supermarchés « Friend's » ?

3. Il est du même acabit que Roscoe

4. Il ne se passe pas grand-chose dans ce pays sans que Sir David soit impliqué de près ou de loin.

5. une fausse identité

6. À partir de maintenant

7. C'est quelqu'un de très discret, et tu es le genre de fils dont aucun père ne voudrait parler.

8. [prestigieuse école privée en Angleterre]

9. vol à l'étalage

10. ne sait simplement pas quoi faire de toi

11. t'a inscrit

YOU HAVE **ONE WEEK** TO MEMORIZE YOUR **COVER STORY**[1] AND THE FAMILY DETAILS. YOU'LL BE PICKED UP[2] NEXT SATURDAY FROM THE FRIEND'S **COUNTRY ESTATE**[3] IN **LANCASHIRE**.

AND WHAT DO I **DO** WHEN I GET TO THE SCHOOL[4]?

SIMPLY FIND OUT **EVERYTHING** YOU CAN.[5] IT **MAY** BE THAT[6] POINT BLANC IS PERFECTLY **ORDINARY**, AND IN FACT THERE WAS **NO** CONNECTION BETWEEN THESE DEATHS.

IF SO, WE'LL PULL YOU OUT.[7] WE JUST WANT TO BE **SURE**.

HOW WILL I GET IN **TOUCH** WITH YOU?[8] HAVE YOU MADE ME ANOTHER **NINTENDO?**

SORRY, ALEX.

THEY DON'T ALLOW **GAMES**[9] IN THE SCHOOL. BUT WE'LL **ARRANGE** ALL THAT BEFORE YOU GO, DON'T WORRY.

...

IN THE MEANTIME, WE'LL HAVE TO DO **SOMETHING** ABOUT YOUR **APPEARANCE**. YOU DON'T EXACTLY LOOK THE **PART**.[10]

...WHAT?

1. l'histoire de ta vie [qui te servira de « couverture »]

2. On viendra te chercher

3. domaine familial

4. une fois arrivé à l'école

5. Simplement trouver tout ce que tu peux.

6. Il se peut que

7. Si c'est le cas, on te fera sortir de là.

8. Comment est-ce que je vais vous contacter ?

9. Les jeux sont interdits

10. En attendant, il faut qu'on s'occupe de ton look. Tu n'as pas vraiment la tête de l'emploi.

POINT BLANC ACADEMY, FRANCE

I HAVE DECIDED TO MOVE THE ***GEMINI PROJECT*** INTO ITS ***LAST PHASE.***[1]

I UNDERSTAND, DOCTOR.

BUT ARE YOU SURE WE'RE ***READY?***

WITH ***TWO*** UNSATISFACTORY[2] RESULTS IN THE LAST FEW MONTHS, WE HAVE ***NO*** CHOICE.

BESIDES THE EXPENSE OF ***ARRANGING*** THOSE TERMINATIONS, SOMEONE MAY YET ***CONNECT*** THE DEATHS OF IVANOV AND ROSCOE... THOUGH I ***DOUBT*** IT.[3]

THE ***CIA***, ***MI6***, EVEN THE ***KGB*** ... ***PAH!*** THEY'RE SHADOWS OF WHAT THEY ***USED*** TO BE.[4]

NEVERTHELESS, THE ***SOONER*** WE FINISH THIS PHASE, THE MORE CHANCE OF REMAINING... ***UNNOTICED.***[5]

WHEN IS THE FINAL BOY ***ARRIVING?***

ALEX FRIEND? I'M PICKING HIM UP FROM ENGLAND TOMORROW.

EXCELLENT. YOU WILL TAKE HIM TO ***PARIS*** ON THE WAY HERE[6]?

IF THAT IS YOUR ***WISH***[7], DOCTOR.

IT IS VERY ***MUCH*** MY WISH, MRS STELLENBOSCH. WE CAN DO THE PRELIMINARY WORK ***THERE***. NOW, WHAT ABOUT THE ***SPRINTZ*** BOY?[8]

1. J'ai décidé de déclencher la dernière phase du projet Gemini.

2. peu satisfaisants

3. En dehors du coût d'organiser les assassinats, quelqu'un pourrait faire le lien entre les morts d'Ivanov et de Roscoe... encore que j'en doute.

4. Ils ne sont que l'ombre d'eux-mêmes.

5. Néanmoins, plus vite on terminera cette phase, plus on aura des chances de passer... inaperçus.

6. en route

7. Si tel est votre souhait

8. qu'en est-il du jeune Sprintz ?

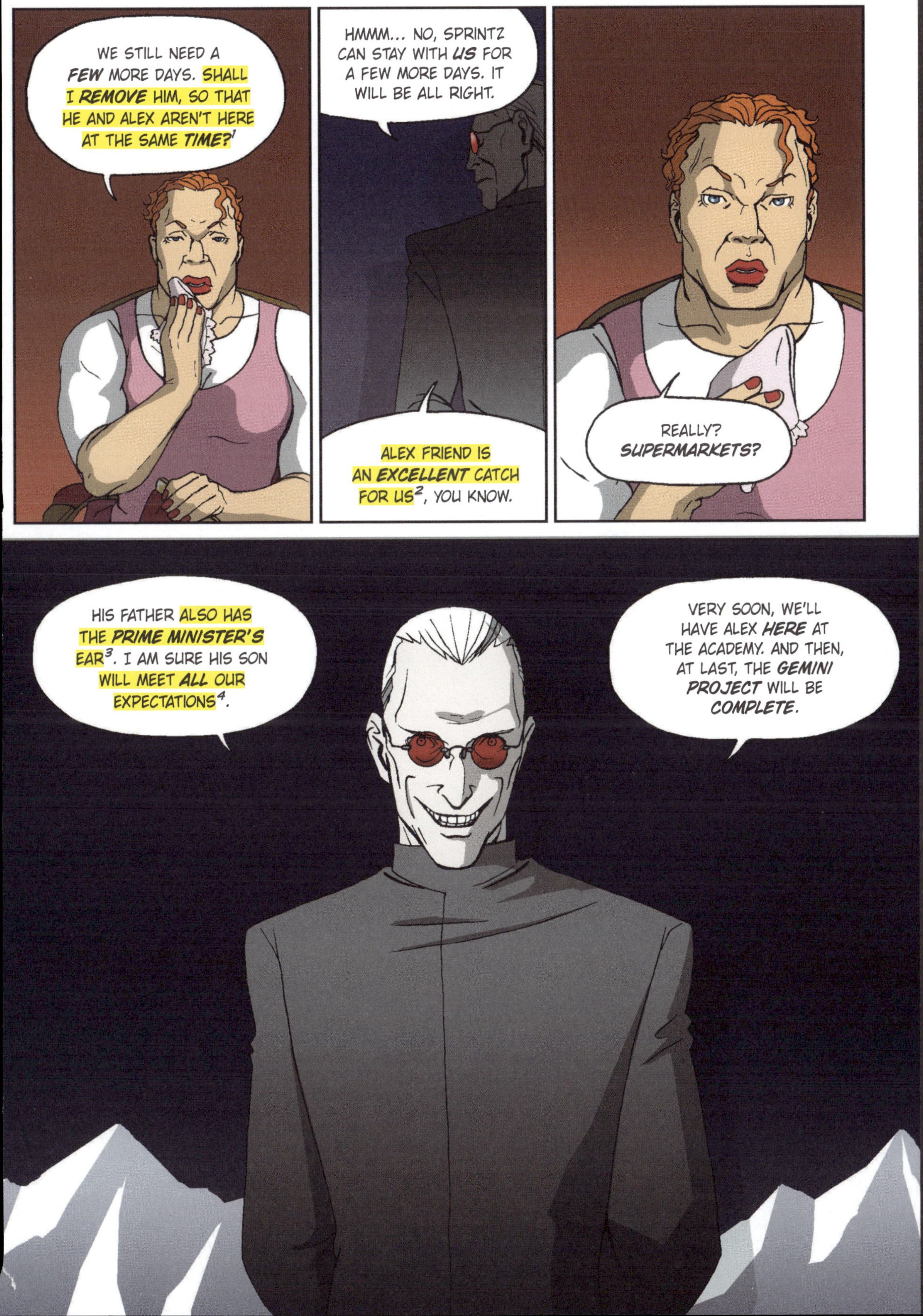

HIS FATHER ALSO HAS THE *PRIME MINISTER'S* EAR[3]. I AM SURE HIS SON WILL MEET *ALL* OUR EXPECTATIONS[4].

VERY SOON, WE'LL HAVE ALEX *HERE* AT THE ACADEMY. AND THEN, AT LAST, THE *GEMINI PROJECT* WILL BE *COMPLETE*.

1. Est-ce que je dois l'écarter, pour que lui et Alex ne soient pas là en même temps ?

2. Alex Friend est une bonne prise pour nous

3. sait également se faire entendre du Premier ministre

4. répondra à toutes nos attentes

1. Que penses-tu de mon personnage ? On m'a dit que je devais passer incognito !

2. La moissonneuse-batteuse, c'est bien trouvé, sauf qu'on est en avril.

3. Il n'y a rien à moissonner.

NOW, I'M TOLD[11] THERE'S A LOT OF *SNOW* UP ON POINT BLANC, SO YOU'LL NEED *THIS*. KNOW WHAT IT IS?

I'VE BEEN *SKIING* BEFORE[12], MR SMITHERS.

1. Le souci, c'est que
2. [Il fait un jeu de mots: « field agent » veut dire « agent de terrain », mais « field » signifie aussi « champ ».]
3. T'as pigé [le jeu de mots] ?
4. Ouais, très drôle.
5. super content
6. C'est pas souvent qu'on me colle un ado.
7. Beaucoup plus marrant
8. Mais bon, pour le coup, ça n'a pas été facile...
9. n'autorise aucun type de jeu
10. Ils fournissent leur propre matériel.
11. On m'a dit que
12. J'ai déjà fait du ski
13. combinaison
14. hautement isolée, et à l'épreuve des balles

AND THESE ARE **SKI GOGGLES.**

BUT IN CASE YOU HAVE TO BE ANYWHERE AT **NIGHT**[1], THEY ALSO HAVE AN **INFRARED** MODE[2].

JUST PRESS THE **SWITCH**[3] AND YOU'LL BE ABLE TO SEE FOR **TWENTY METRES**, EVEN IF THERE'S NO **MOON**[4].

NOW, YOU'RE NOT ALLOWED **COMPUTERS**...

1. pour le cas où tu devrais aller quelque part pendant la nuit

2. fonction infrarouge

3. appuie sur le bouton

4. même s'il n'y a pas de lune

5. à condition que

6. Alors pendant que je me fais tirer dessus

7. Puis-je suggérer

8. Cela transforme le Discman en scie électrique.

9. traité avec de la poudre de diamants

10. Ça coupe à peu près n'importe quoi !

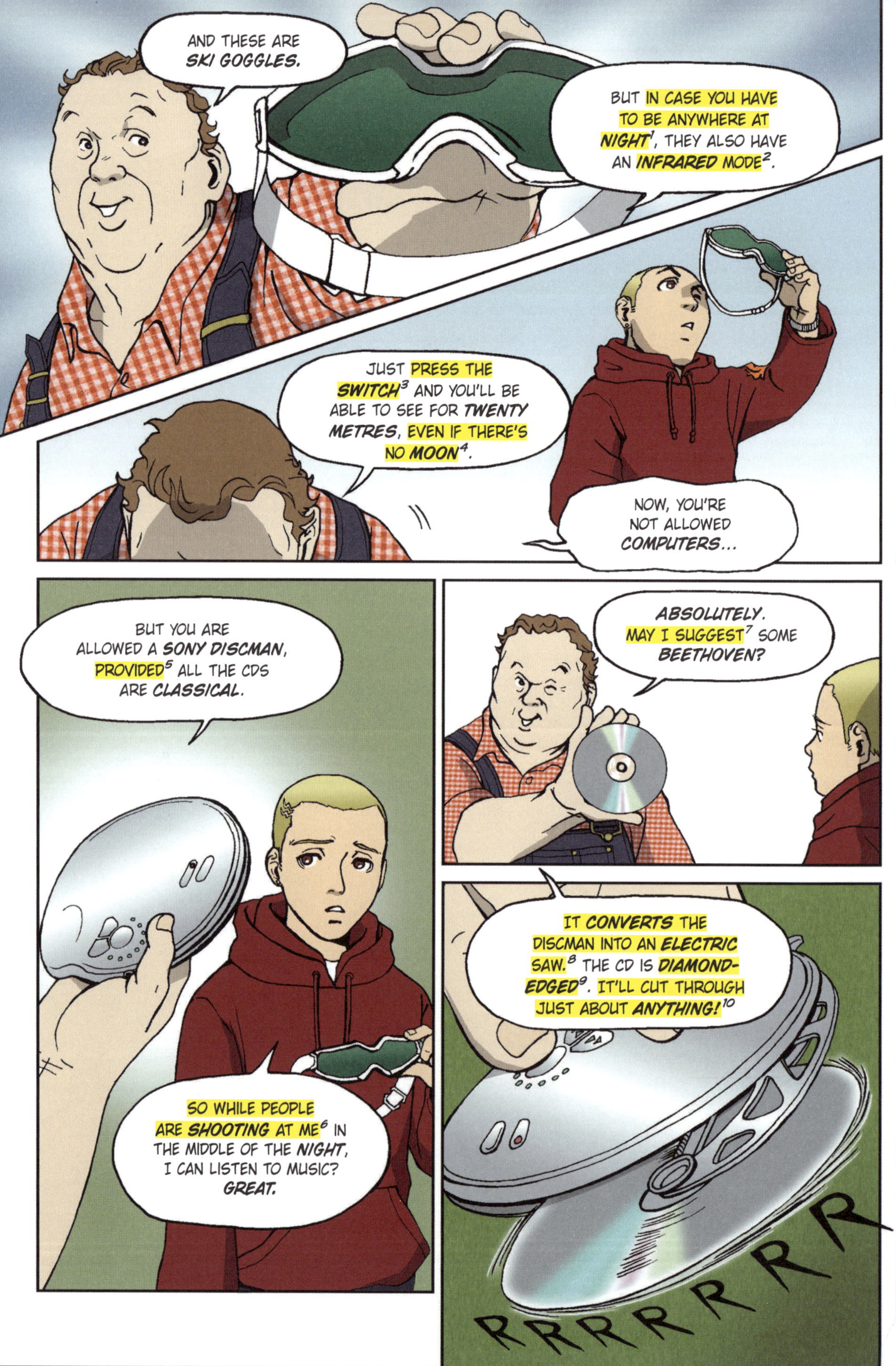

1. commande d'appel au secours

2. avance rapide

3. Cela enverra un signal à notre satellite

4. te sortir de là illico presto

5. Pourquoi tu fais cette tête ?

6. armes à feu

7. catégorique

8. pour me faire tuer

9. J'y ai bien réfléchi

10. Écoute

11. On m'a dit que tu t'es fait percer l'oreille

12. Fais très attention en le mettant.

13. Quand on rapproche les deux parties, ça active la première étape.

1. compte à rebours

2. L'explosion est capable de faire un trou dans à peu près n'importe quoi... ou n'importe qui.

3. Du moment que ça ne m'arrache pas l'oreille...

4. tu ne risques rien tant que tu le portes

5. Évite donc de l'enlever sauf si tu as besoin de détruire quelque chose.

6. mon vieux !

7. Reviens intact. Je suis toujours très content de te voir !

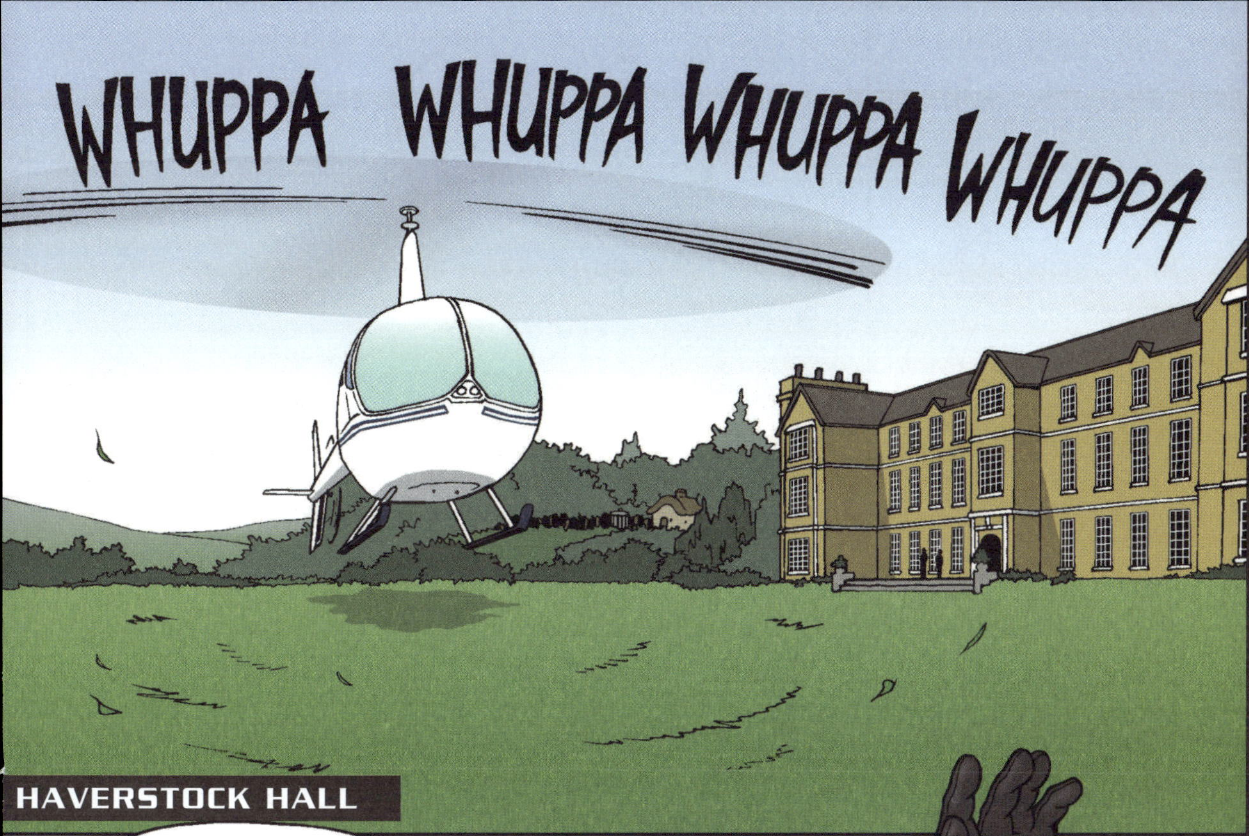

WHUPPA WHUPPA WHUPPA WHUPPA

HAVERSTOCK HALL

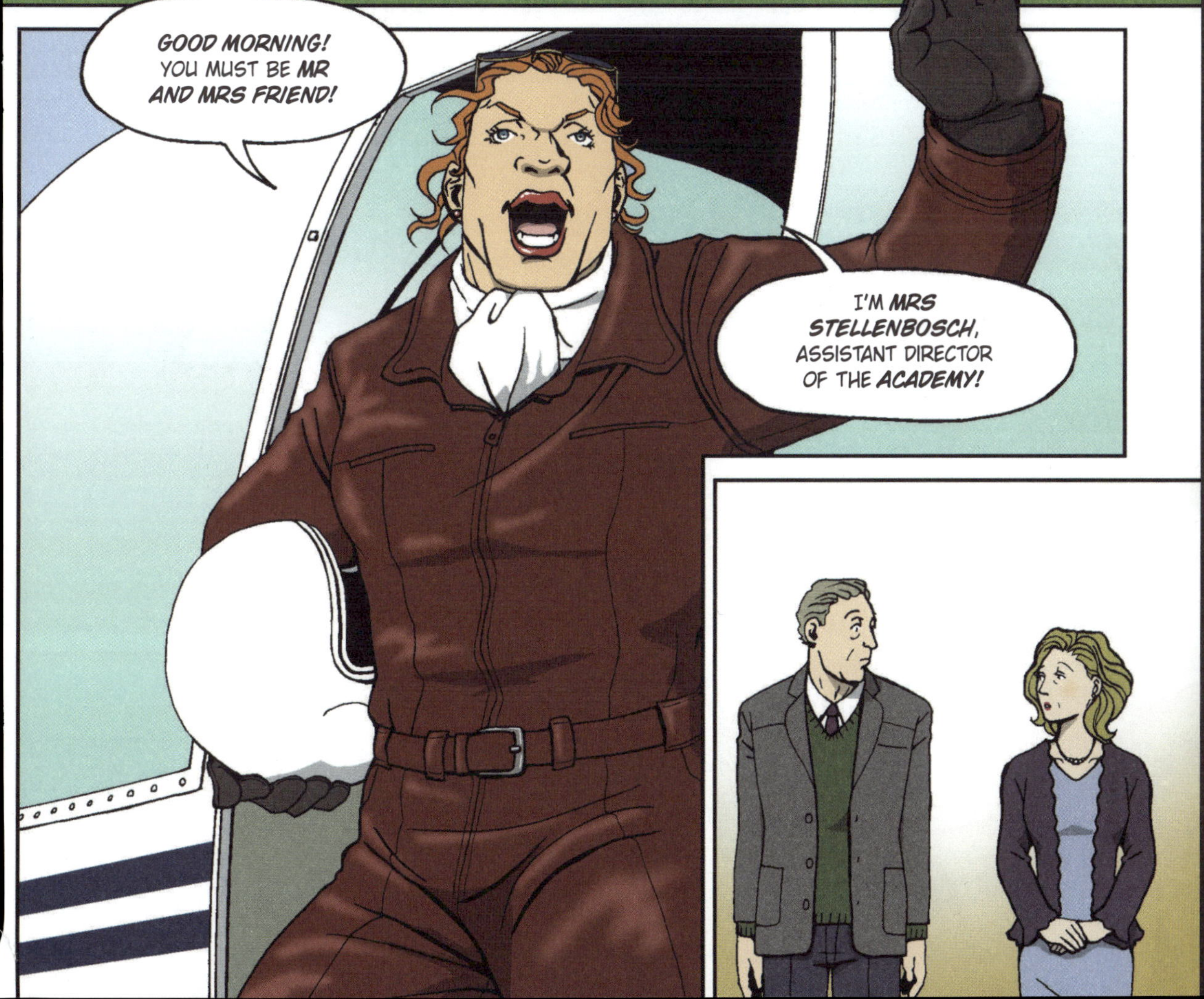

GOOD MORNING! YOU MUST BE ***MR AND MRS FRIEND!***

I'M ***MRS STELLENBOSCH***, ASSISTANT DIRECTOR OF THE ***ACADEMY!***

YES, WELL ... HE WAS **EXPELLED** FROM **ETON** LAST YEAR, AND HE'S BEEN ARRESTED[2] FOR **SHOPLIFTING**. I ... I THINK **DRUGS** MIGHT BE INVOLVED.[3]

I UNDERSTAND THAT ALEX HAS BEEN A GREAT SOURCE OF **CONCERN** TO YOU.[1]

I'M AT MY **WIT'S END.**[4] WE HAVE A DAUGHTER, AND SHE'S **PERFECT**, BUT ALEX JUST HANGS AROUND THE HOUSE[5]. HE DOESN'T **READ** OR SHOW ANY INTEREST IN **ANYTHING.**[6]

THE ACADEMY IS OUR **LAST RESORT**[7]. WE'RE DESPERATELY HOPING YOU CAN SORT HIM OUT.[8]

1. Je crois comprendre qu'Alex vous a causé bien des soucis.

2. il s'est fait arrêter

3. Je pense que c'est peut-être une affaire de drogue.

4. Je suis au bout du rouleau.

5. Alex ne fait que traînasser à la maison

6. Il ne lit pas et rien ne semble l'intéresser.

7. dernier recours

8. Nous espérons coûte que coûte que vous pourrez le mettre sur le bon chemin.

9. Cela brise le cœur de voir comment certains se comportent !

10. Vous avez bien fait de venir nous voir.

11. L'Académie a eu un taux de réussite remarquable ces onze dernières années.

12. au fait

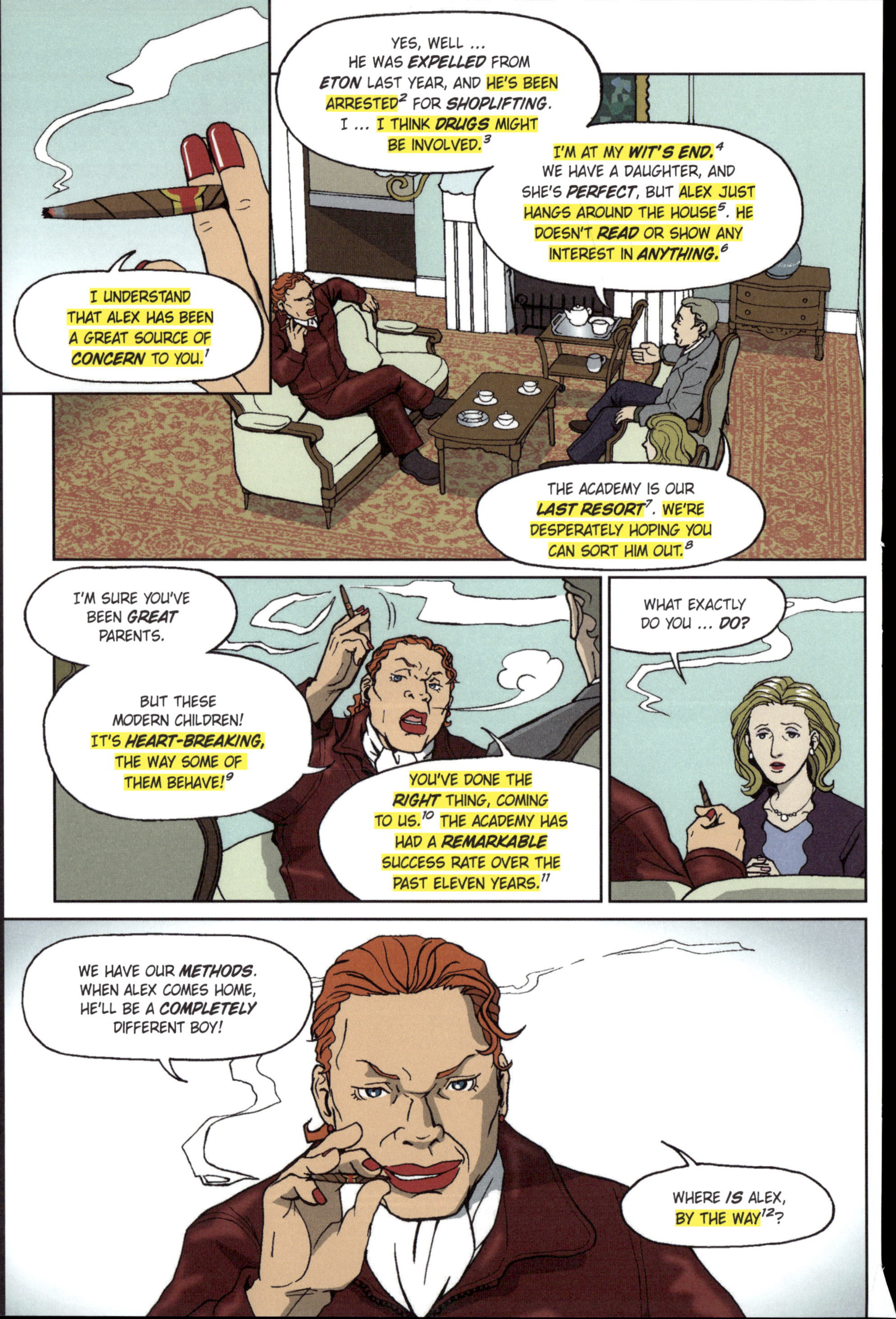

1. Je sais pas [Dunno = I don't know]

2. Nous veillerons sur lui pour vous.

3. Viens donc

4. Tu penses qu'elle a avalé notre histoire ?

5. Espérons-le... pour Alex.

WE MUST MAKE A **REFUELLING STOP** HERE.[1]

1. Il faut qu'on s'arrête ici pour prendre du carburant.

PARIS

WHATEVER.[2]

2. Comme tu veux.

WHUPPA WHUPPA WHUPPA WHUPPA

WELCOME TO **PARIS**, ALEX. THIS IS THE **MARAIS** DISTRICT.

1. Et c'est là qu'on va passer la nuit...

2. Il appartient à l'Académie

3. Beurk.

1. J'espère que vous avez fait bon voyage depuis l'Angleterre.

2. son propre restaurant

3. alors autant manger là

4. prendre une douche et te changer

5. puis-je suggérer une tenue plus habillée pour le dîner

6. décontractés

7. Eh bien, excuse-moi de te le dire, mais tu pousses la décontraction un peu trop loin.

1. garçon mal élevé

1. C'est ce qu'ils vont avoir.

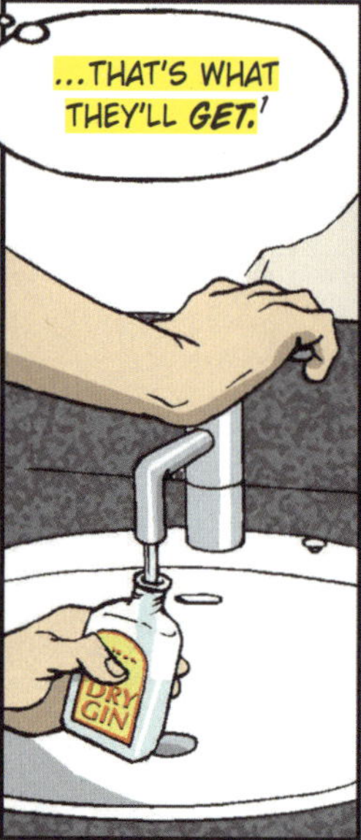

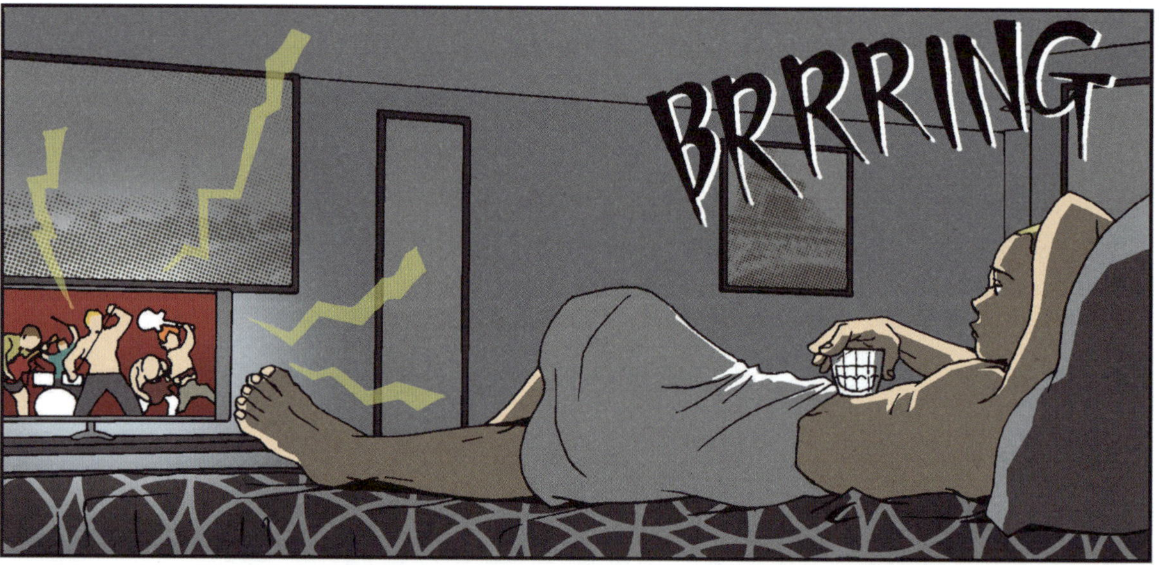

1. J'ai déjà commandé. Qu'est-ce que tu prends ?

2. il ne sait pas ce qu'il rate

3. coca

1. [Les grandes écoles anglaises sont divisées en sections appelées « houses », qui s'affrontent notamment lors de compétitions sportives. Chaque élève appartient à une « house ».]

2. Elle se trouvait juste après l'entrée principale...

3. fonda

4. dans la cour

5. le « pop » me mettait toujours des colles

6. un peu comme des surveillants

1. Il n'y a pas des foules de gens qui gâchent le paysage

2. bien sûr [« of course »]

3. j'adore la Bavière aussi

4. Je fais souvent du ski au Berchtes-gadener [massif montagneux en Bavière]

1. Oui, je ferais bien d'y aller.

2. midi

3. [il commence à dire le mot « boring »] : ennuyeuses

MMM? OH ... YES. YES, I THINK I *SHOULD...*[1]

WE DON'T NEED TO LEAVE UNTIL *MIDDAY*[2] TOMORROW. YOU'LL HAVE TIME FOR A VISIT TO THE *LOUVRE*, IF YOU'D LIKE THAT.

NO, PAINTINGS ARE BOR-[3]

NNH!

4. ça ira

WOULD YOU LIKE ME TO COME *UP* WITH YOU?

NO...

JUST *TIRED*, I'LL BE ALL RIGHT[4]...

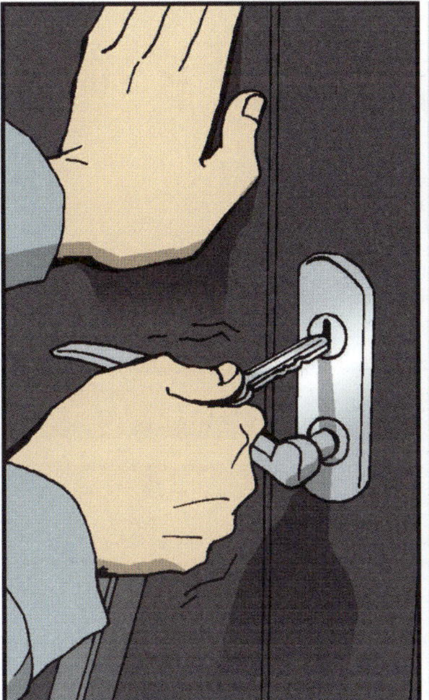

MMM ...
SO TIRED ...
WHUMP

KLIK

1. voici notre bel endormi [« Sleeping Beauty » est le titre anglais de « La Belle au bois dormant »]

2. tombé raide

3. somnifère

4. semble avoir marché

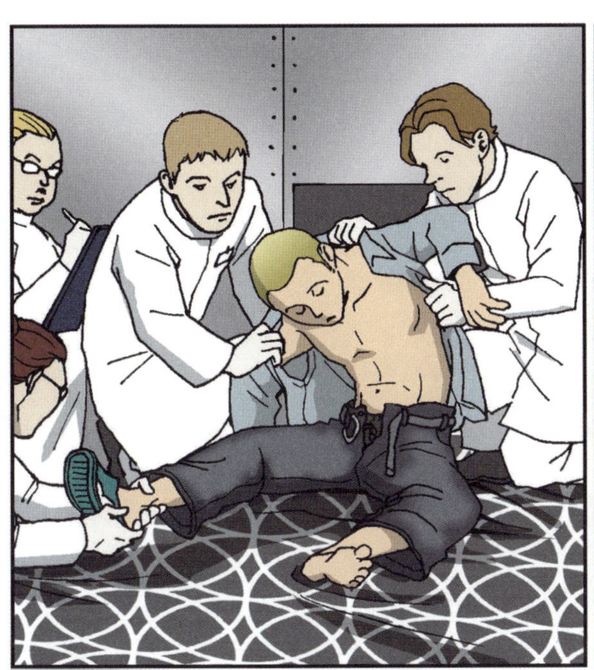

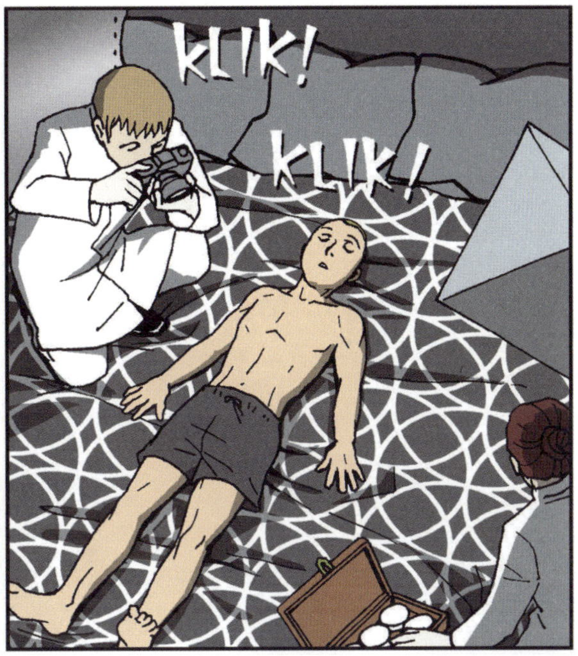
KLIK!
KLIK!

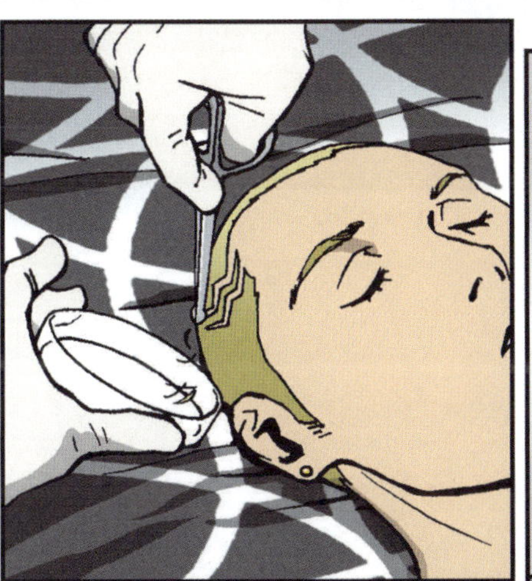

WHIRRRRRRR

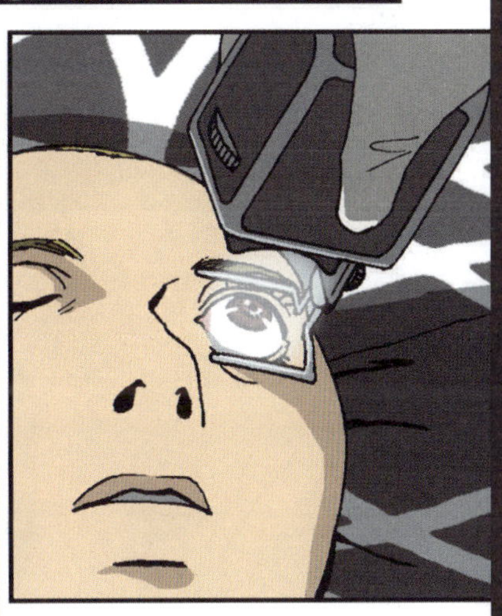

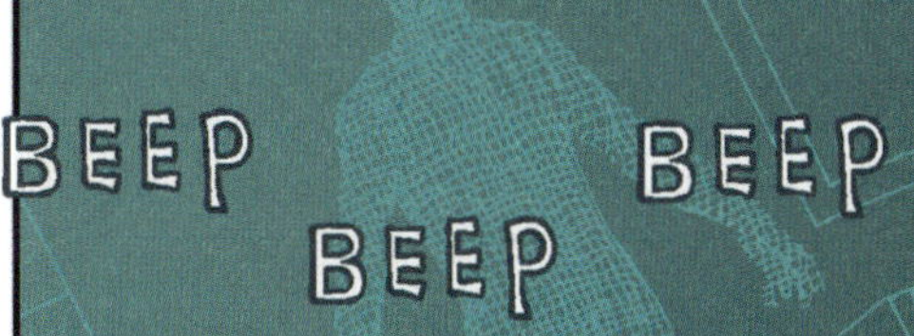
FRIEND, ALEX
FULL BODY SCAN
BEEP
BEEP
BEEP

ZMMMMMMM

1. On a fini.

2. Sans problème. Il a une bonne constitution osseuse. Excellente condition physique.

3. On est prêts à intervenir dès que vous donnez le feu vert.

4. On se reverra

WHIRRRRR

KLIK

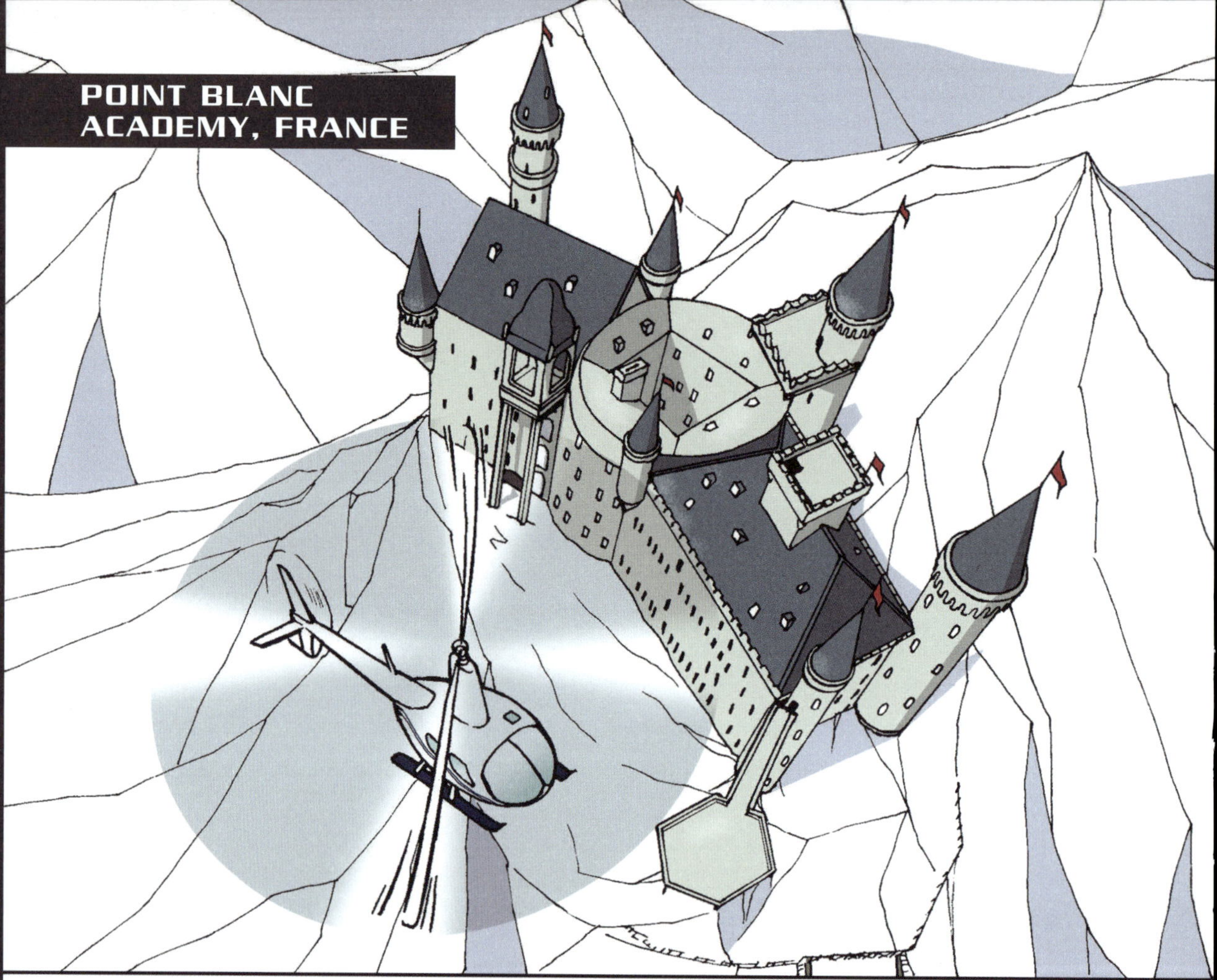

POINT BLANC
ACADEMY, FRANCE

1. On te fera apporter tes bagages.

2. tremplin à ski

3. à l'abri du froid

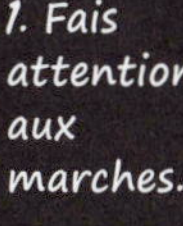

1. Fais attention aux marches.

2. On traverse la cour.

1. Nous y voici.

2. de t'accueillir ici

1. sa seule et unique commande
2. Quand les premiers propriétaires ont emménagé, ils l'ont fait fusiller.
3. richesse
4. comme toi
5. cible
6. Alors, si vous voulez bien m'indiquer comment descendre en ville, je prendrai le premier train pour rentrer chez moi.
7. On ne peut pas descendre en ville.
8. La saison des sports d'hiver est finie
9. Et il t'emmènera seulement quand je le déciderai.
10. déçu

1. aussi déplaisante que

2. de faire de toi un garçon dont les parents pourront être fiers

3. Je suis très bien comme je suis.

4. Cela n'a rien à voir.

5. Se fondre dans le moule

6. actuellement

7. activités de groupe

8. non plus

9. Va te faire foutre.

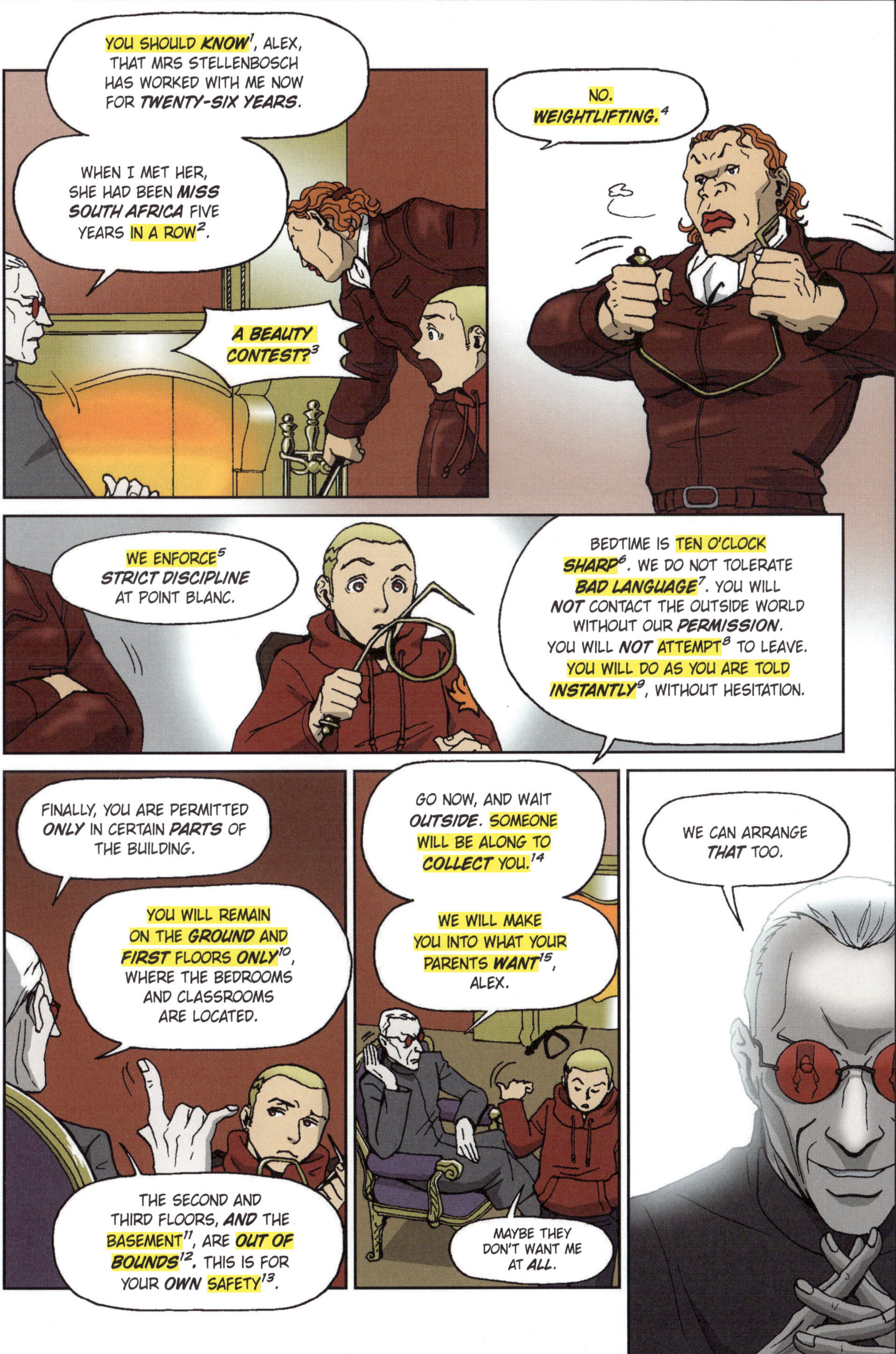

YOU SHOULD KNOW[1], ALEX, THAT MRS STELLENBOSCH HAS WORKED WITH ME NOW FOR TWENTY-SIX YEARS.

WHEN I MET HER, SHE HAD BEEN MISS SOUTH AFRICA FIVE YEARS IN A ROW[2].

A BEAUTY CONTEST?[3]

NO. WEIGHTLIFTING.[4]

WE ENFORCE[5] STRICT DISCIPLINE AT POINT BLANC.

BEDTIME IS TEN O'CLOCK SHARP[6]. WE DO NOT TOLERATE BAD LANGUAGE[7]. YOU WILL NOT CONTACT THE OUTSIDE WORLD WITHOUT OUR PERMISSION. YOU WILL NOT ATTEMPT[8] TO LEAVE. YOU WILL DO AS YOU ARE TOLD INSTANTLY[9], WITHOUT HESITATION.

1. Sache

2. d'affilée

3. Un concours de beauté ?

4. Non. Un concours d'haltérophilie.

5. Nous imposons

6. 22 heures précises

7. langage grossier

8. tenter

9. Tu dois obéir de suite

10. Tu dois rester exclusivement au rez-de-chaussée et au premier étage

11. sous-sol

12. hors limites

13. sécurité

14. On va venir te chercher.

15. Nous allons te transformer selon ce que veulent tes parents

1. Désagréable

2. plus vite que d'habitude

3. en train de fermer

4. [Il tousse discrètement pour attirer l'attention d'Alex.]

5. Ils vont te flinguer s'ils t'attrapent en train d'écouter aux portes.

6. de te faire une visite guidée

7. pour qu'on t'envoie dans ce trou

8. Moi, je me suis fait virer

9. J'ai pensé que c'était la meilleure chose qui puisse m'arriver... jusqu'à ce que mon père m'envoie ici.

10. Il joue en Bourse.

11. il est plein aux as

1. Attends...

2. Elle pourrait en accueillir soixante.

3. Ils sont probablement en train de faire des devoirs supplémentaires de maths ou un truc comme ça.

4. Quels fayots.

5. Je me suis dit que ça allait déchirer.

6. J'en étais sûr.

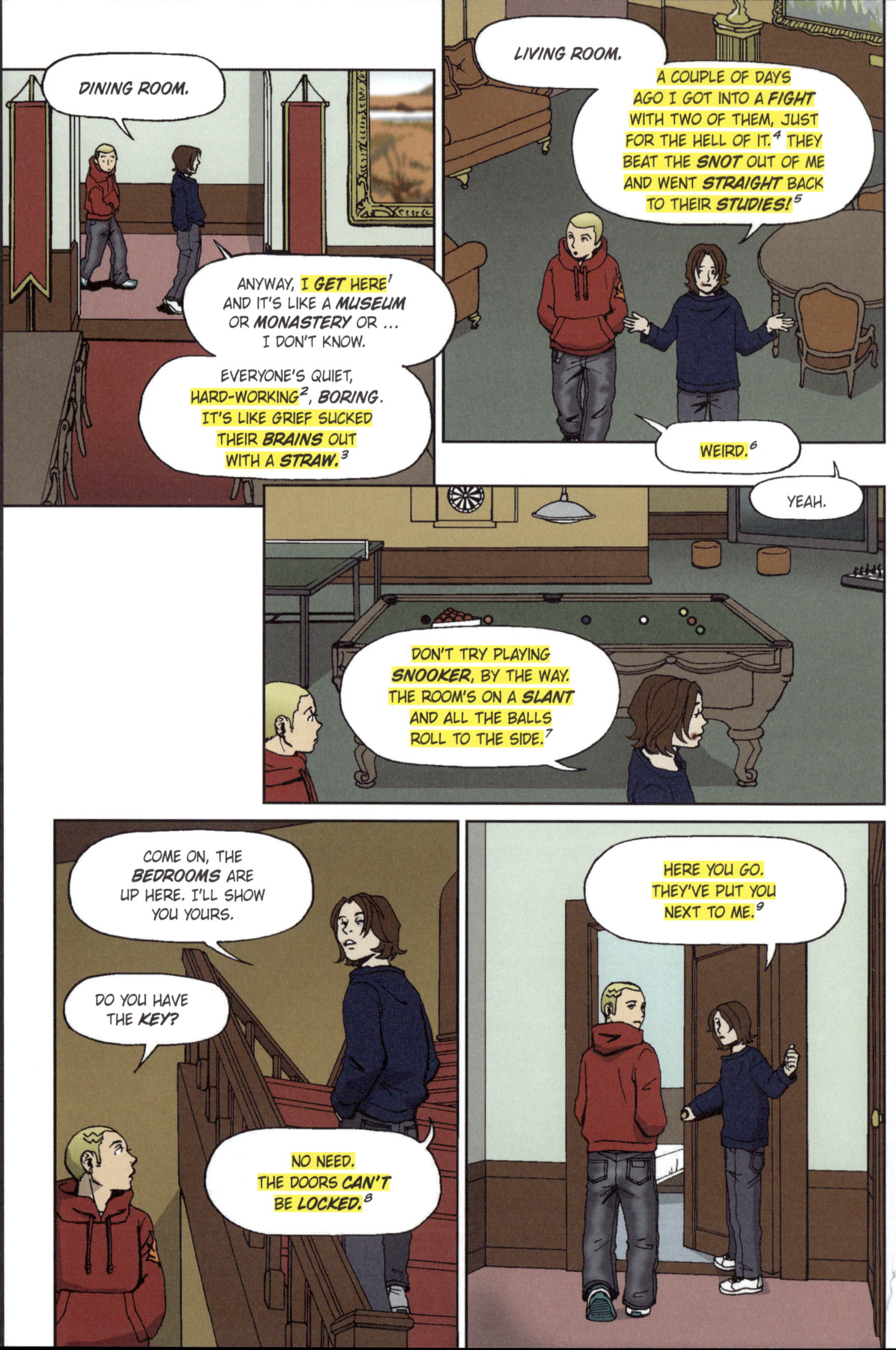

DINING ROOM.

ANYWAY, I **GET** HERE[1] AND IT'S LIKE A **MUSEUM** OR **MONASTERY** OR … I DON'T KNOW.

EVERYONE'S QUIET, HARD-WORKING[2], **BORING**. IT'S LIKE GRIEF SUCKED THEIR **BRAINS** OUT WITH A **STRAW.**[3]

LIVING ROOM.

A COUPLE OF DAYS AGO I GOT INTO A **FIGHT** WITH TWO OF THEM, JUST FOR THE HELL OF IT.[4] THEY BEAT THE **SNOT** OUT OF ME AND WENT **STRAIGHT** BACK TO THEIR **STUDIES!**[5]

WEIRD.[6]

YEAH.

DON'T TRY PLAYING **SNOOKER**, BY THE WAY. THE ROOM'S ON A **SLANT** AND ALL THE BALLS ROLL TO THE SIDE.[7]

1. j'arrive ici

2. studieux

3. C'est comme si Grief leur avait aspiré le cerveau avec une paille.

4. Il y a deux-trois jours, je me suis bagarré avec deux d'entre eux, juste pour voir.

5. Ils m'ont tabassé bien comme il faut et puis ils se sont aussitôt remis à étudier !

6. Bizarre.

7. N'essaie pas de jouer au billard, au fait. La salle est en pente et toutes les boules roulent d'un côté.

8. Inutile. On ne peut pas fermer les portes à clé.

9. Voilà. Ils t'ont mis à côté de moi.

1. Mais ne t'inquiète pas pour le fait de ne pas pouvoir fermer à clé. On est tous coincés ici, alors personne n'a envie de voler quoi que ce soit.

2. avait l'habitude de piquer tout ce qui lui tombait sous la main

3. Il rentre chez lui en avion

4. Mais c'est curieux

5. Pourquoi donc pratiquer le vol à l'étalage quand tu peux t'offrir tout le magasin ?

6. Tu as le droit de mettre des posters

7. Si tu n'as pas amené des affaires

8. [C'est ainsi qu'il surnomme Miss Stellenbosch : « stomach-bag » signifie « poche de colostomie ».]

1. endroit super bizarre

2. ici, c'est pire que tout

3. C'est ce qu'ils disent

4. je n'ai presque pas eu de cours

5. à part ça, on m'a laissé tout seul

6. Alors t'es encore plus bête que je ne pensais.

7. Ils sont au moins une trentaine !

8. je ne devrais pas m'emporter

9. Je me disais juste que ça serait chouette de pouvoir enfin sympathiser avec quelqu'un ici.

10. pour combien de temps

11. À plus tard

1. Trop tôt.

2. Comme le temps passe vite...

1. C'est quoi, ça encore ?

1. Mince !

2. ne tirez pas !

3. les étages supérieurs

4. J'ai entendu la sonnerie et je me dirigeais vers la salle à manger.

5. Allez, sors d'ici.

HUGO VRIES (14) Dutch[1], lives in Amsterdam. Father's name: Rudi, owns diamond mines. Speaks little English. Reads and plays guitar. Very solitary. Sent to PB[2] for shoplifting and arson[3].

TOM McMORIN (14) Canadian, from Vancouver. Parents divorced. Mother runs media empire[4] (newspapers, TV). Well-built[5], chess[6] player. Car thefts[7] and drunken driving[8].

NICOLAS MARC (14) French, from Bordeaux? Expelled from private school in Paris, cause unknown[9] - drinking[10]? Very fit all-rounder[11]. Good at sport but hates losing[12]. Tattoo of devil[13] on left shoulder[14]. Father: Anthony Marc - airlines[15], pop music, hotels. Never mentions his mother[16].

1. Néerlandais
2. Point Blanc
3. incendie volontaire
4. dirige un grand groupe de médias
5. Forte carrure
6. échecs
7. Vol de voitures
8. conduite en état d'ivresse
9. motif inconnu
10. consommation d'alcool
11. Très bon sportif dans tous les domaines.
12. déteste perdre
13. Tatouage représentant un diable
14. épaule
15. compagnies aériennes
16. Ne parle jamais de sa mère.

CASSIAN JAMES (14) American. Mother: Jill, studio chief[1] in Hollywood. Parents divorced. Loud voice.[2] Swears a lot.[3] Plays jazz piano. Expelled from three schools. Various drug offences[4] – sent to PB after smuggling arrest[5] but won't talk about it[6] now. One of the kids who beat up James.[7] Stronger than he looks.[8]

JOE CANTERBURY (14) American. Spends a lot of time with Cassian (helped him with James). Mother (name unknown) New York Senator. Father something big at the Pentagon.[9] Vandalism, truancy,[10] shoplifting. Sent to PB after stealing and smashing up car.[11] Vegetarian. Permanently chewing gum.[12] Has he given up smoking?[13]

JAMES SPRINTZ (14) German, lives in Düsseldorf. Father: Dieter Sprintz, banker, well-known financier (the One Hundred Million Dollar Man). Mother living in England. Expelled for wounding a teacher[14] with an air pistol.[15] My only friend at PB! And the only one who really hates it here.[16]

1. chef de studio [de cinéma]

2. Parle très fort.

3. Dit beaucoup de gros mots.

4. Diverses infractions liées à la drogue

5. suite à une arrestation pour trafic de contrebande

6. refuse d'en parler

7. Un des garçons qui ont passé James à tabac.

8. Plus fort qu'il n'y paraît.

9. a un poste important au Pentagone

10. absentéisme scolaire

11. après avoir volé et cassé une voiture

12. Mâche du chewing-gum en permanence.

13. Aurait-il arrêté de fumer ?

14. pour avoir blessé un prof

15. pistolet à air comprimé

16. le seul qui déteste vraiment être ici

1. La plupart d'entre eux

2. riches

3. Issus des quatre coins du monde et ayant tous réussi dans des domaines différents...

4. Et alors ? Qu'est-ce qui les différencie d'autres enfants comme eux ?

5. Lavage de cerveau ?

1. Que dis-tu de faire un peu de latin avec nous

2. Dégage.

3. C'est quoi, le problème

4. Peut-être que tu préférerais travailler tes tables de multiplication, c'est beaucoup plus à ta portée !

5. Je croyais avoir compris que tu étais un vrai rebelle, Cassian. Mais regarde-toi en train de lécher le cul d'un vieillard minable !

6. génie

7. Viens, allons prendre l'air. J'ai envie de vomir.

1. Envolé...

2. Mes yeux doivent me jouer des tours.

1. tremplin à ski

2. Il était prévu de le transformer en centre d'entraînement pour les sports d'hiver, mais ils se sont retrouvés à court d'argent ou un truc comme ça.

3. dehors

4. Ça caille !

5. j'ai toujours l'impression que quelqu'un écoute tout ce que je dis

6. je vois ce que tu veux dire

7. donne la chair de poule

8. Alors, si on se barrait d'ici, qu'est-ce que t'en dis ?

9. piloter

10. je vais m'en aller, c'est sûr

1. Je peux te faire confiance
2. tu viens à peine d'arriver
3. Il [Grief] n'a pas encore de prise sur toi.
4. finir
5. « Des élèves modèles »... C'est le cas de le dire. On dirait qu'ils sont tous en pâte à modeler !
6. partir en courant
7. Mais il est obligé de dire ça, non ?
8. Oui, il n'y a que des pistes noires jusqu'en bas, sans compter les tonnes de bosses.
9. La neige n'aura pas fondu ?
10. plus bas
11. jusqu'en bas
12. la semaine de mon arrivée
13. Toutes les pistes convergent vers une seule vallée
14. jusqu'à
15. il y a une voie ferrée qui coupe le chemin
16. Mais, si j'arrive jusque-là, je pense que je peux continuer à pied.

1. Et après ?

2. me renvoyer

3. me barrer d'ici

4. Tu ferais mieux de venir avec moi.

5. Moi non plus.

6. Grief les a tous mis sous clé quelque part.

7. je fous le camp

8. Vas-y, toi

9. je vais rester un peu plus longtemps

10. c'est ton problème

11. cou

12. Tu t'es déjà demandé ce qui se passe là-haut ?

13. Dark Vador

14. C'est dégueu !

1. Fermé à clé

1. ... C'est le moment de mettre un peu de Beethoven.

WHUMP

...SO KALT DASS EINEM ALLES ABFRIERT...
DAS STIMMT...

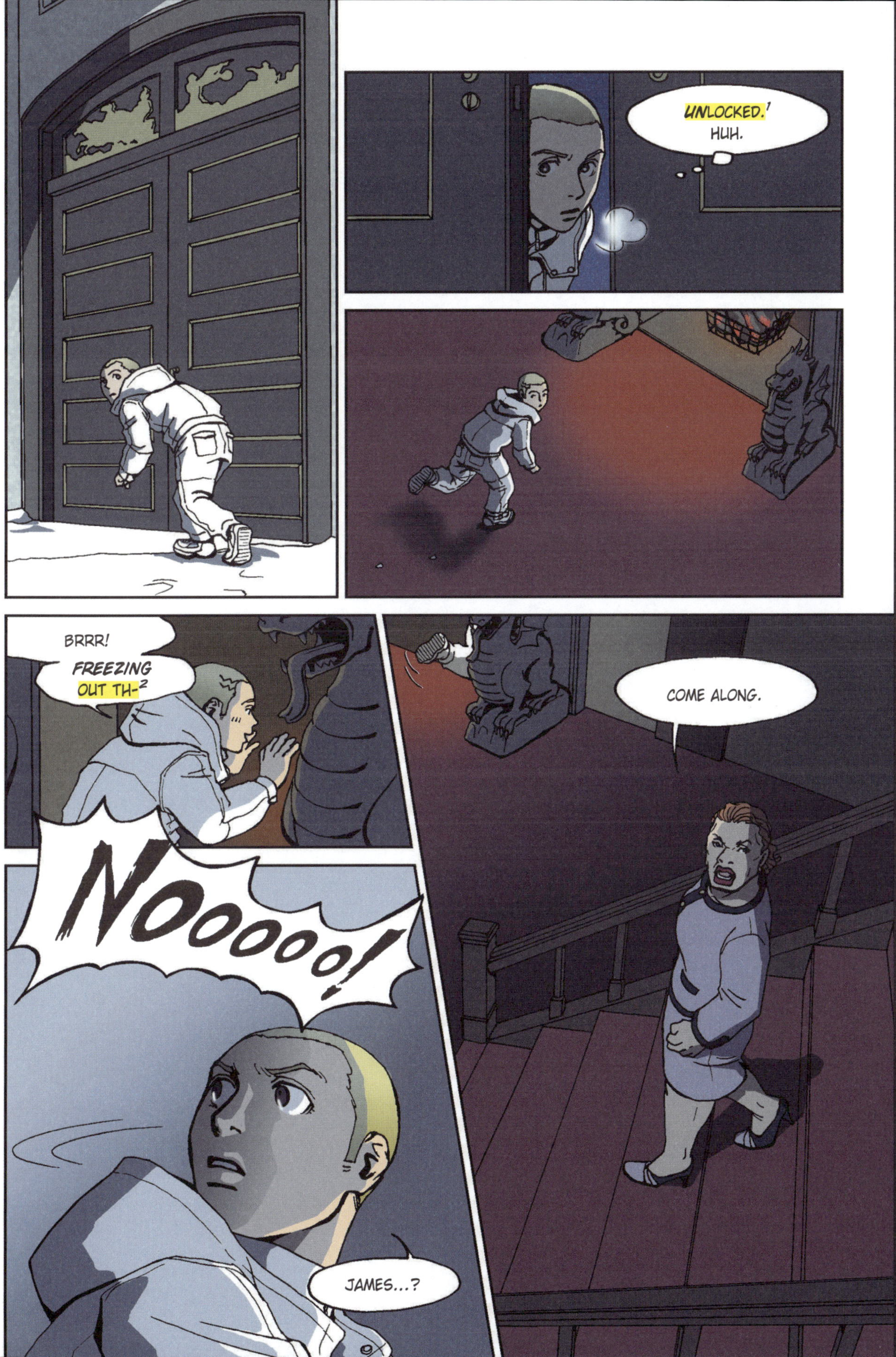

BRRR!
FREEZING OUT TH-[2]

COME ALONG.

NOOOOO!

JAMES...?

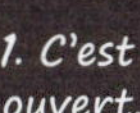

1. C'est ouvert.

2. [« out there » : dehors]

LIBRARY

LIBRARY
SLAM!

KOF! KOF!

1. ... ou pas ?

1. Mince !

SIND WIR
BALD FERTIG?

LAUNDRY[1]
JA, NUR NOCH
EIN ZIMMER.

ICH BIN *FROH*,
WENN FEIERABEND IST.

KLIK
KLIK
KLIK

1. buanderie

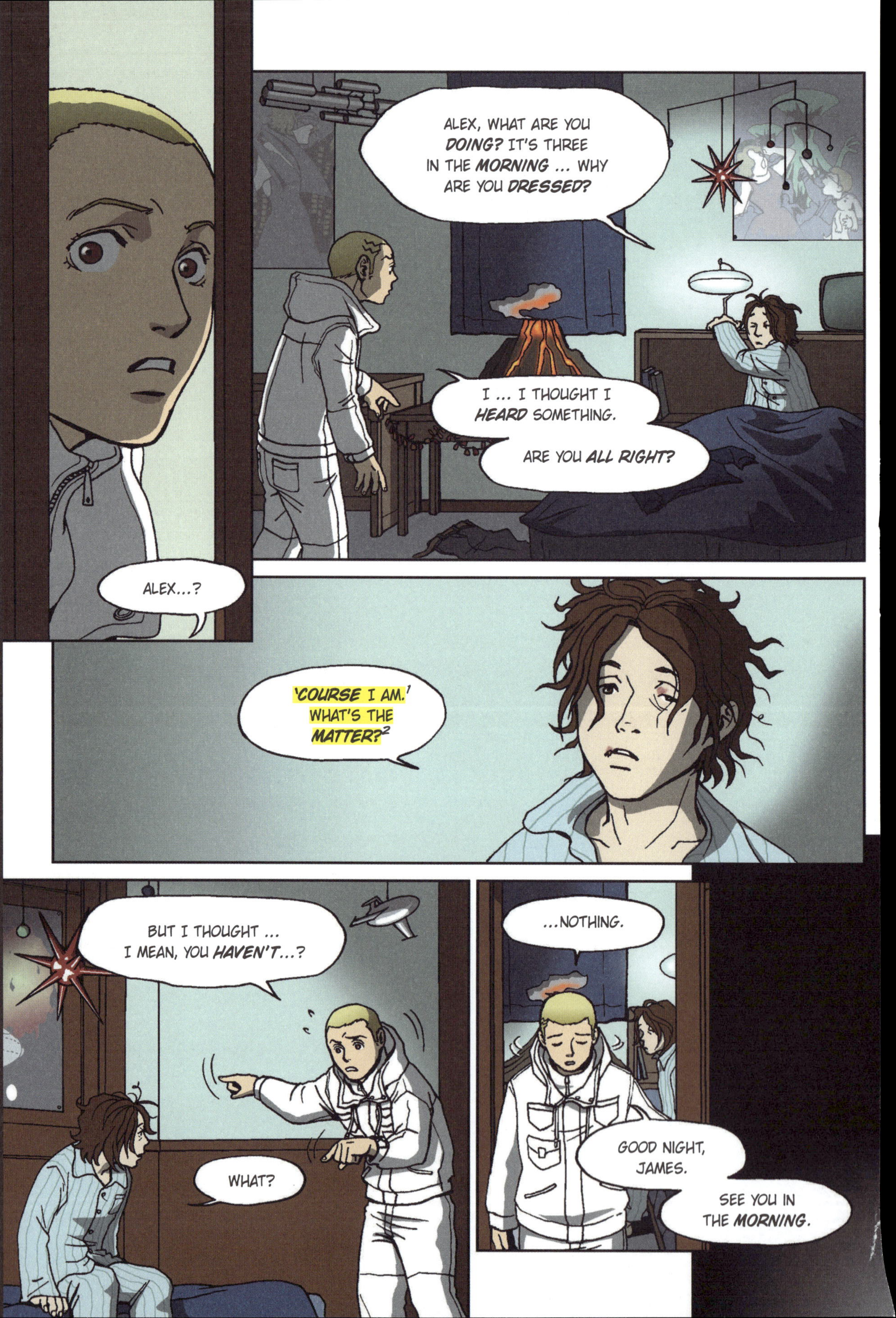

ALEX, WHAT ARE YOU **DOING?** IT'S THREE IN THE **MORNING** ... WHY ARE YOU **DRESSED?**

I ... I THOUGHT I **HEARD** SOMETHING.

ARE YOU **ALL RIGHT?**

ALEX...?

'COURSE I AM.[1] WHAT'S THE **MATTER?**[2]

1. Bien sûr [« Of course I am »].

2. C'est quoi, le problème ?

1. Bonjour [« Good morning »]

2. Alors c'était quoi, le problème, cette nuit ?

3. Je pourrais te poser la même question !

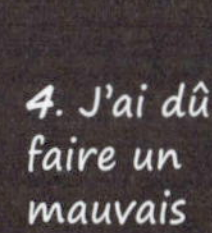

4. J'ai dû faire un mauvais rêve.

OH, THAT. I'VE CHANGED MY MIND.[5]

5. J'ai changé d'avis.

6. Autant prendre mon mal en patience.

7. pour qu'on puisse arriver jusqu'au pied de la montagne

1. vraiment

2. Je suis coincé ici, et il n'y a pas grand-chose d'autre à faire.

3. Tu perds ton temps.

1. C'est bien ce qu'il me semblait.

2. conduit de cheminée

3. Il y a peut-être d'autres cheminées plus haut.

1. « Let's get a good look at you » : Regardons bien ce qu'il y a ici.

1. Une fenêtre là où il devrait y avoir des portes !

2. réplique

3. Ça n'a pas de sens.

4. Voyons voir...

1. pareils

2. Ça doit être celle d'en bas.

3. Donc on peut être assis dans l'une tout en surveillant l'autre.

4. À quoi ça sert tout ça ?

5. Est-ce que tout est comme ça ?

1. Il n'y a pas d'affaires personnelles.

1. Je vous suis reconnaissant

2. Entièrement.

3. dès qu'on lui a enlevé les bandages

1. vous en avez pour votre argent

2. à propos

3. Mais j'ai pensé que vous seriez prêt à envisager une petite... prime.

4. accord

5. est une autre affaire

6. Étant donné l'importance de

7. ce n'est pas beaucoup demander

8. je prendrai ma retraite en Espagne

9. vous n'aurez plus jamais de mes nouvelles

1. déchet

2. salle d'opération

3. équipe de nettoyage

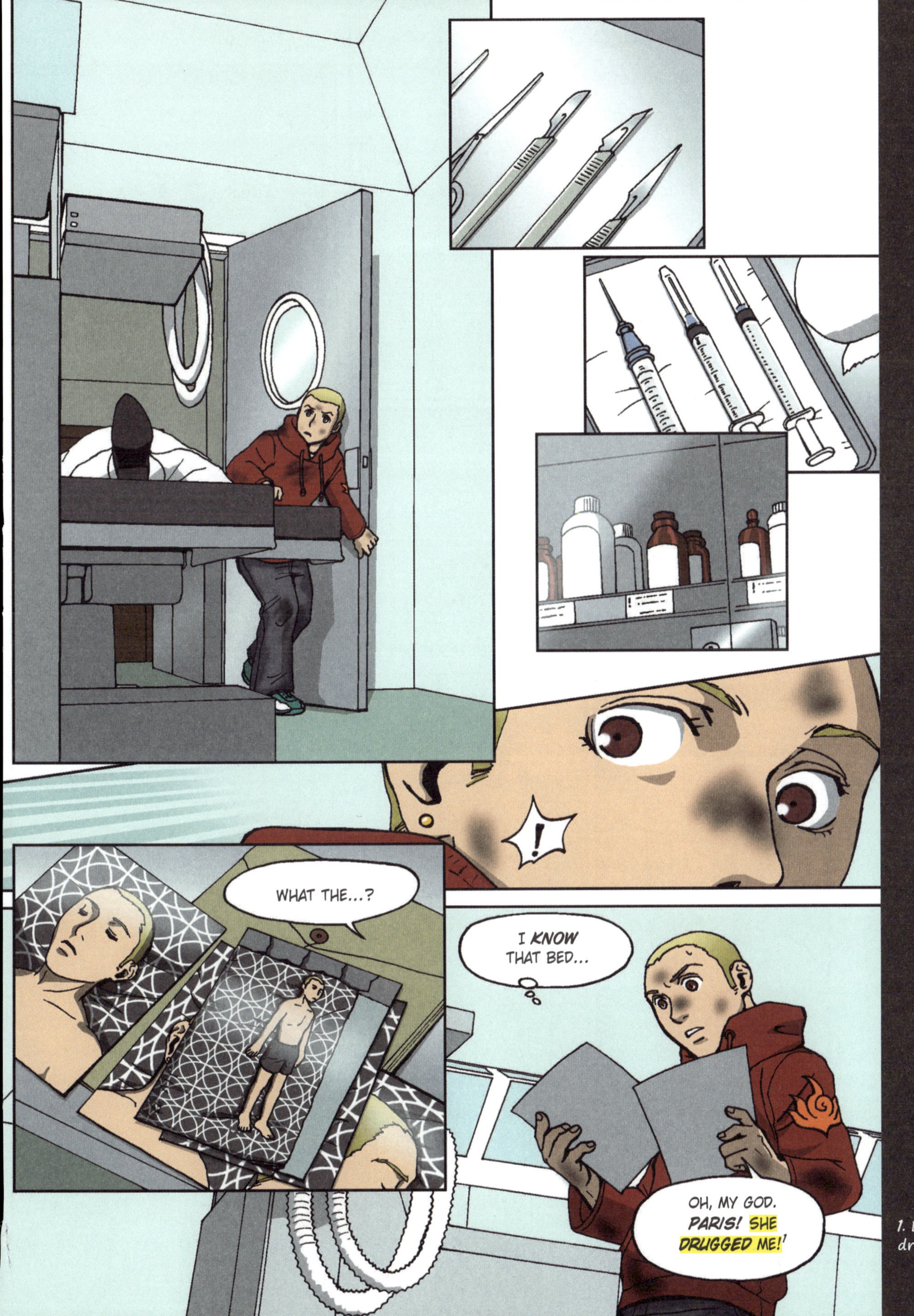

1. Elle m'a drogué !

HIER! JA, IN DER WÄSCHEREI!

KANNST DU DIR DAS NICHT DENKEN?
SHHHHUNK

WAS HAT DER DA GEMACHT?

GROUND FLOOR, GROUND FLOOR ... OF COURSE, IT'S "REZ-DE-CHAUSSÉE".
3
2
1
R
S
"R"!

KLIK!
HIER IST DER MÜLL.

1. Allez, dépêche-toi...

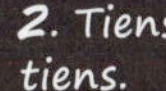

2. Tiens, tiens.

3. J'aurais dû deviner.

4. malin

5. Le bâtiment entier est un jeu de pistes...

6. ... mais j'ai plus d'un tour dans mon sac, moi aussi.

LAUNDRY
SLAM!
KLIK!
KLIK!
KLIK!

LIVERPOOL STREET

WE'VE HEARD FROM ***ALEX.***[1]

MOST URGENT

1. On a des nouvelles d'Alex.

2. heure locale

3. le sortir de là

4. Je ne suis pas si sûr.

5. dès le début

6. Alex n'est peut-être plus fiable à cent pour cent.

7. soit il a découvert quelque chose, soit il est en danger

8. Dans un cas comme dans l'autre, on ne peut pas rester sans rien faire !

9. Ce n'est pas ce que je voulais dire.

10. Vous semblez vous attacher à Alex

11. Vous avez vous-même des enfants, non ?

12. Ce n'est pas la question. Alex est différent.

1. On ne peut pas investir Point Blanc sans raison valable.
2. C'est de la France qu'il s'agit.
3. Si on donne l'impression d'envahir leur territoire, ils vont faire un sacré scandale.
4. En plus
5. Si on les prend d'assaut, l'affaire pourrait vite devenir un incident international majeur.
6. preuves
7. lier
8. Et il ne les a peut-être pas.
9. Attendre 24 heures ne changera pas grand-chose.
10. [« Special Air Service » : commandos de l'armée de l'air britannique]
11. en difficulté
12. on le saura très vite
13. Et, s'il réussit à faire bouger les choses, c'est un bon point pour nous. Grief sera obligé d'abattre ses cartes.
14. En supposant qu'

1. C'est toi qui perds ton temps

2. Ouais, peut-être. Amuse-toi bien.

1. Allez, il doit bien y avoir un moyen de l'ouvrir de ce côté-ci...

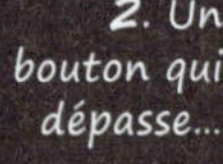

2. Un bouton qui dépasse...

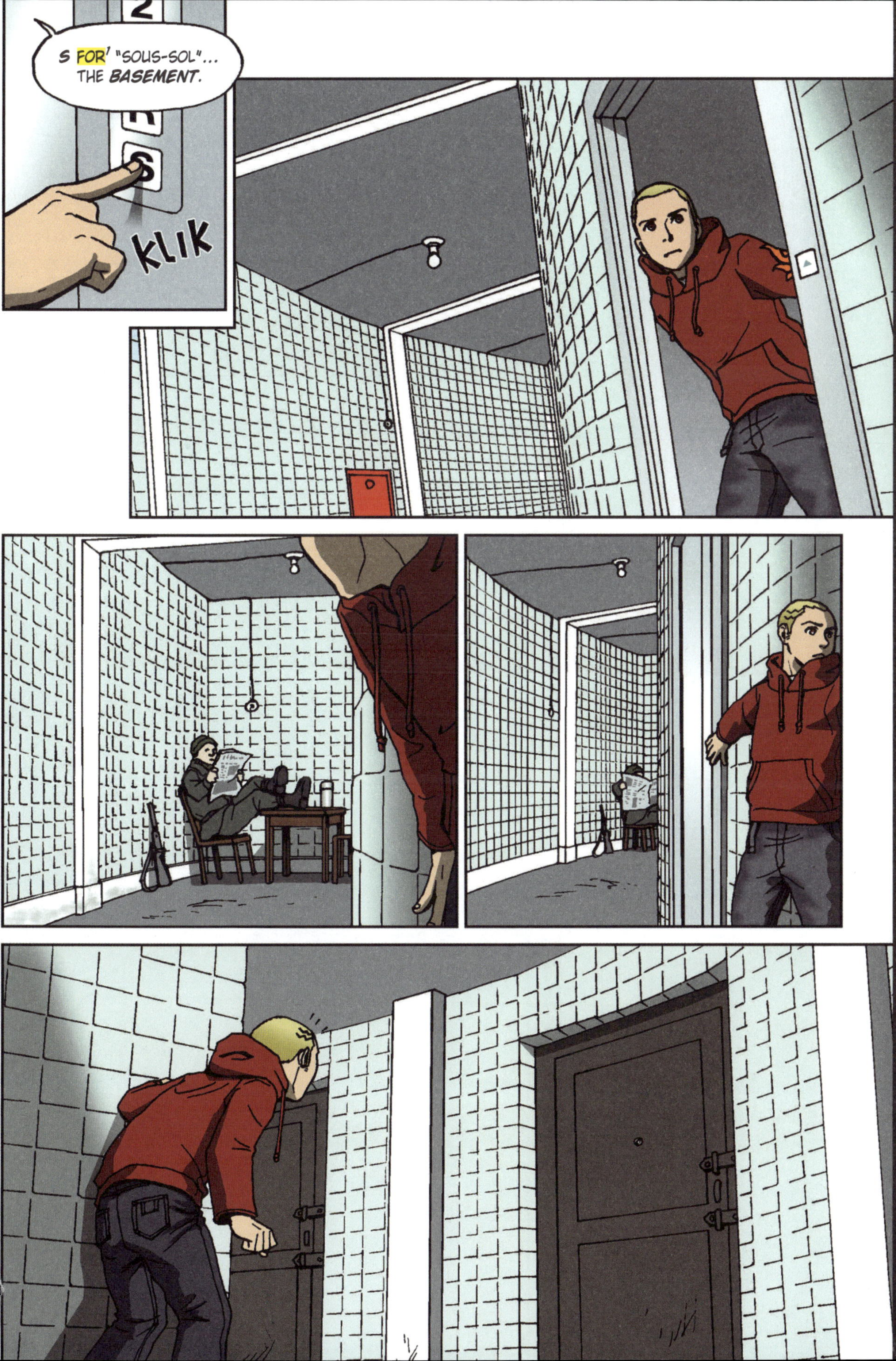

S FOR' "SOUS-SOL"... THE *BASEMENT*.

KLIK

1. comme

SO WHAT'S IN *HERE*...?
WHAT THE–?
THAT'S *TOM!* BUT I JUST *SAW* HIM AT *BREAKFAST*...
JAMES!

MMMMMMM

COME ON, COME ON…

ALEX! WHAT ARE YOU DOING HERE?

SHHH, KEEP YOUR VOICE DOWN![1] WE HAVEN'T GOT MUCH TIME … WHAT HAPPENED TO YOU?

1. Chut, ne parle pas si fort !

2. avant-hier pendant la nuit

3. Ils m'ont tiré du lit et emmené dans la bibliothèque.

4. Personne ne voulait me dire ce qui se passait, ils m'ont juste jeté là-dedans !

5. Ils ont créé nos propres clones, mec.

6. c'est ce qui se passe

1. écoutez-moi bien

2. tout va bien se passer

3. Ils envoient des gens pour tous vous libérer.

4. En quelque sorte.

5 Tirons-nous d'ici ! [« outta here » = « out of here »]

1. pour l'instant

2. C'est la seule solution.

3. Il le faut.

4. Fais-moi confiance

5. Je vais vous fermer à clé

6. longtemps

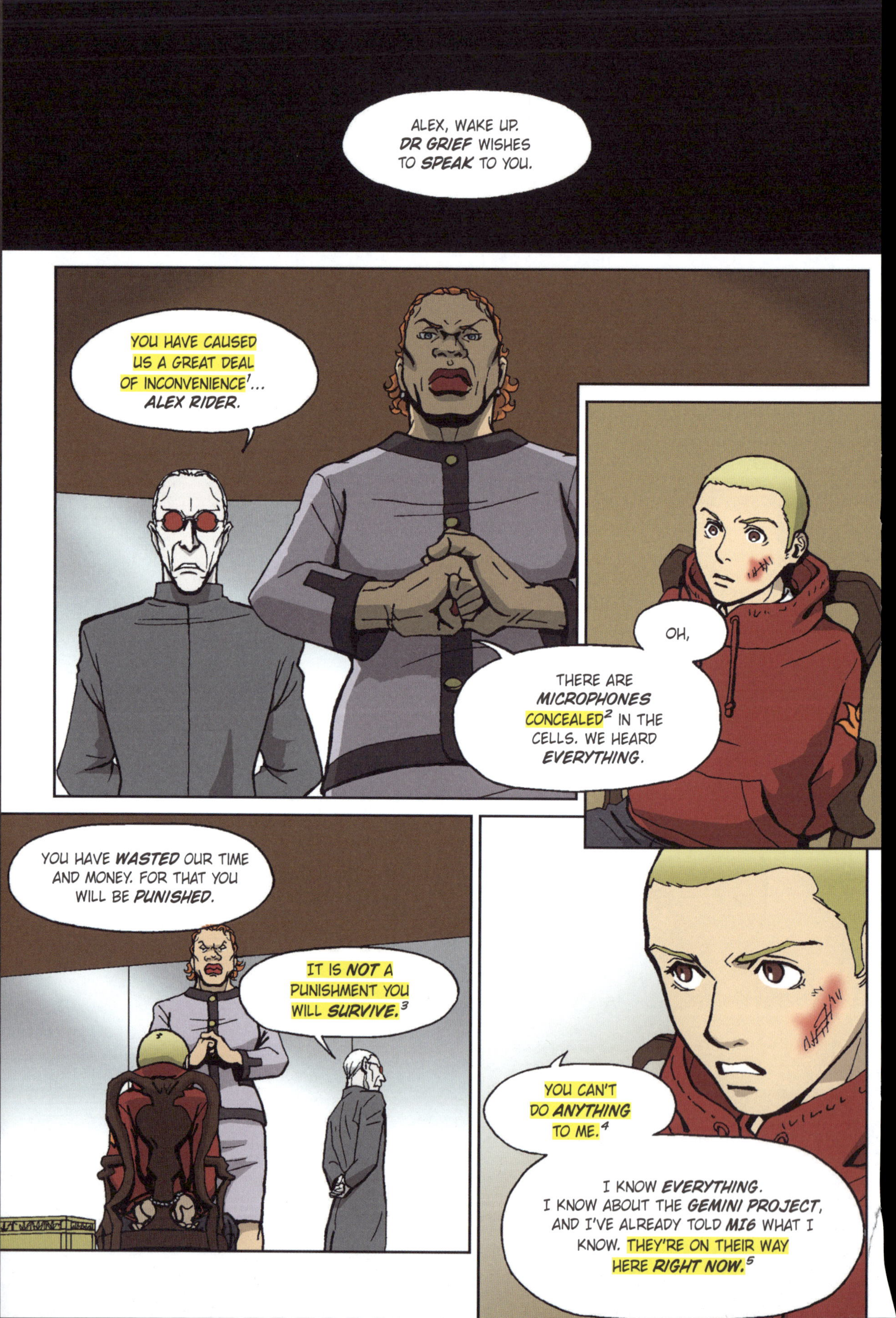

ALEX, WAKE UP. DR GRIEF WISHES TO SPEAK TO YOU.

YOU HAVE CAUSED US A GREAT DEAL OF INCONVENIENCE[1]... ALEX RIDER.

OH,

THERE ARE MICROPHONES CONCEALED[2] IN THE CELLS. WE HEARD EVERYTHING.

1. Vous nous avez causé beaucoup d'ennuis

2. cachés

3. Ce n'est pas une punition à laquelle vous survivrez.

4. Vous ne pouvez rien me faire.

5. Ils sont déjà en route.

1. On a fouillé tes bagages

2. Si les services secrets britanniques arrivent, ils ne trouveront rien d'anormal.

3. Je crains qu'il n'ait connu une mort froide et lente sur la montagne.

4. Vous voulez dire qu'il appartient aux gamins que vous avez engagés pour servir de doublures.

LISTEN *CAREFULLY*, ALEX, AND I SHALL DESCRIBE TO YOU THE *GEMINI PROJECT*.

WHEN YOU GO SCREAMING[2] TO YOUR *DEATH*, YOU WILL UNDERSTAND THAT YOU COULD *NEVER* HOPE TO BEAT A MAN SUCH AS *I*[3]. PERHAPS THAT WILL MAKE DYING *EASIER* FOR YOU.

I AM FROM *SOUTH AFRICA*.

THE ANIMALS IN THIS BUILDING ARE *SOUVENIRS* OF MY TIME THERE[4], ALL SHOT[5] ON *SAFARI*.

I STILL MISS MY COUNTRY.[6] IT IS THE MOST *BEAUTIFUL* ON THE PLANET.

IN FACT, I WAS ONE OF ITS *FOREMOST BIOCHEMISTS*[7].

FROM THE UNIVERSITY OF JOHANNESBURG, VIA THE *CYCLOPS INSTITUTE* IN PRETORIA, I EVENTUALLY BECAME[8] *MINISTER FOR SCIENCE*.

1. Ton petit cerveau peut à peine concevoir ce que j'ai accompli !

2. en hurlant

3. tu n'avais aucune chance de vaincre un homme comme moi

4. de cette époque

5. abattus

6. Mon pays me manque encore.

7. ses plus éminents biochimistes

8. j'ai fini par devenir

9. je ne pensais pas que ça serait en me racontant des histoires ennuyeuses à mourir

1. Laisse-le s'amuser un peu. Il ne perd rien pour attendre.

2. Autrefois

3. contrô-laient

4. Selon les lois que le reste du monde appelait l'apartheid

5. laissez-passer

6. plus le temps passait, plus je voyais que ça ne pouvait pas durer.

7. était ligué contre nous

8. J'entre-voyais le jour où un criminel comme Nelson Mandela pourrait accéder au pouvoir !

1. Comme le monde devenait faible et pathétique

2. ... décidé à donner un grand pays comme le mien à des gens qui n'avaient aucune idée de comment le gouverner.

3. J'ai regardé autour de moi

4. n'a fait qu'aggraver les choses

5. maladie

6. le monde serait tellement plus fort si c'était moi qui le gouvernais

7. Encore un qui veut conquérir le monde.

1. comme on dit en langage courant

2. [célèbre brebis née suite à un clonage en Angleterre en 1996]

3. Ça, c'était un jeu d'enfant !

4. Espèce d'idiot

5. Les règles stupides qui pesaient sur les travaux des autres scientifiques n'avaient pas cours en Afrique du Sud !

6. En tant que

7. cobayes

8. je me suis installé ici

9. mon intelligence

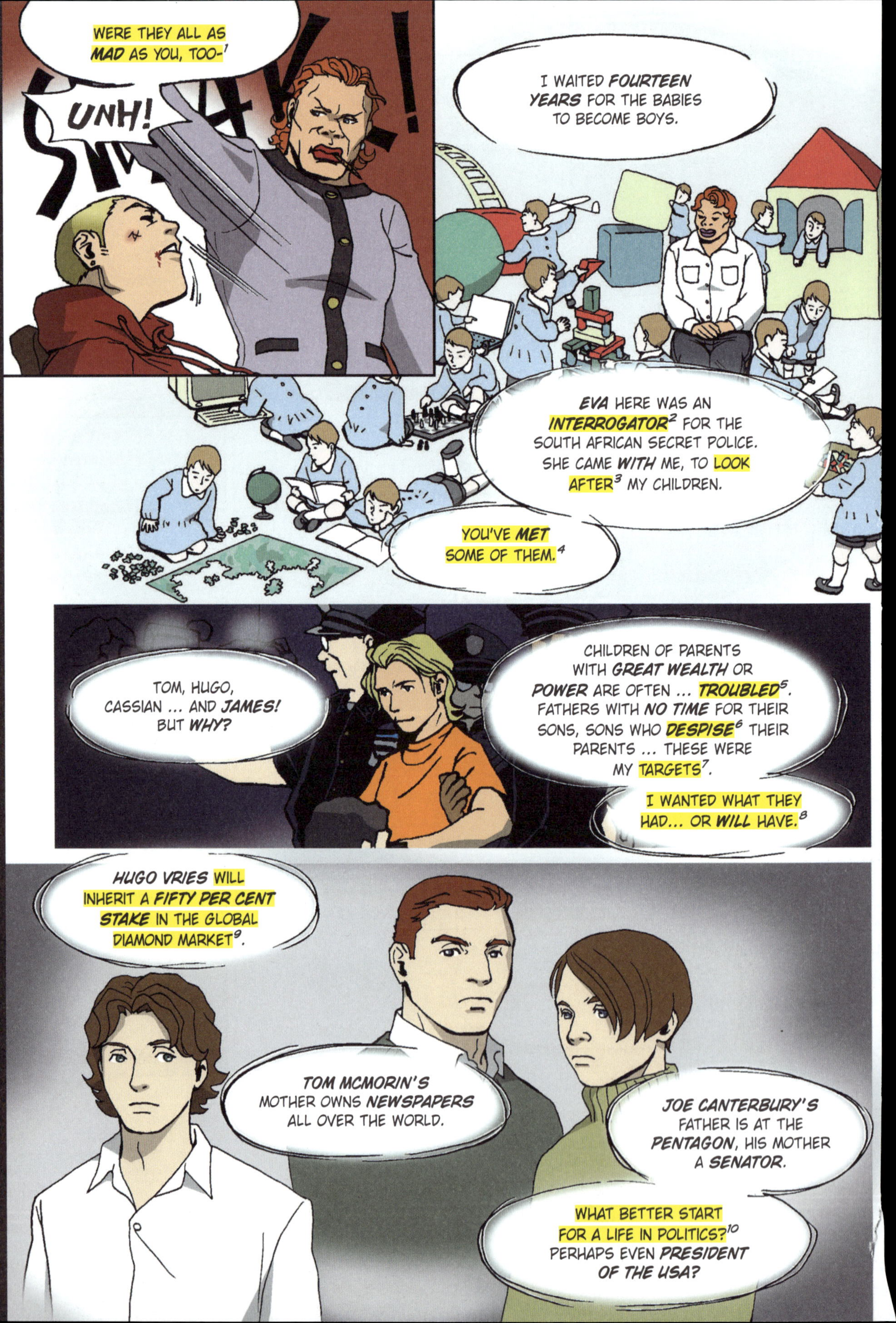

WERE THEY ALL AS MAD AS YOU, TOO-[1]

UNH!

I WAITED FOURTEEN YEARS FOR THE BABIES TO BECOME BOYS.

EVA HERE WAS AN INTERROGATOR[2] FOR THE SOUTH AFRICAN SECRET POLICE. SHE CAME WITH ME, TO LOOK AFTER[3] MY CHILDREN.

YOU'VE MET SOME OF THEM.[4]

TOM, HUGO, CASSIAN ... AND JAMES! BUT WHY?

CHILDREN OF PARENTS WITH GREAT WEALTH OR POWER ARE OFTEN ... TROUBLED[5]. FATHERS WITH NO TIME FOR THEIR SONS, SONS WHO DESPISE[6] THEIR PARENTS ... THESE WERE MY TARGETS[7].

I WANTED WHAT THEY HAD... OR WILL HAVE.[8]

1. Et ils étaient tous aussi fous que vous ?

2. informateur

3. s'occuper de

4. Vous en avez rencontré quelques-uns.

5. perturbés

6. méprisent

7. cibles

8. Je voulais ce qu'ils possèdent... ou posséderont un jour.

9. héritera de 50 % des parts du marché mondial du diamant

10. Peut-on rêver mieux pour se lancer dans la politique ?

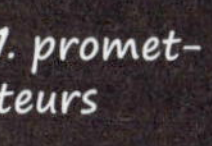

1. prometteurs

2. ont été remplacés par des clones de moi-même chirurgicalement modifiés

3. Vous n'avez vraiment pas chômé

4. un chirurgien esthétique de Harley Street [célèbre rue de Londres où il y a beaucoup de cabinets de médecin très chics]

5. dettes de jeu

6. Dès

7. leurs gestes et manières, même leur voix

8. n'importe quel

9. même s'il lui ressemblait

10. joue également en notre faveur

11. Oh là là, comme tu as grandi !

1. l'a remarqué

2. vous l'avez fait exécuter

3. De même que cet imbécile de Russe, le général Ivanov.

4. ne tournait pas rond

5. Mais bon, deux sur seize, ce n'est pas si catastrophique.

6. exceptionnel

7. dans quelques jours

8. me débarrasser de

9. sans douleur

10. deux heures de bio

11. je vais exaucer leurs souhaits

12. Jetez-le dans une cellule haute sécurité !

13. Nous travaillerons sans anesthésie. J'imagine que ce sera très douloureux pour toi.

1. ceinture

2. lacets

3. craint que le garçon ne tente de se suicider

4. Ouais, tu parles. Seulement si je peux l'emmener [Grief] dans la tombe avec moi.

5. inutile

6. seront là d'une minute à l'autre

1300 HOURS

1500 HOURS

1700 HOURS

2000 HOURS

2300 HOURS
...

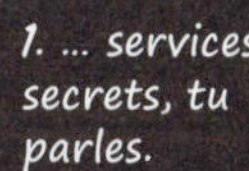

1. ... services secrets, tu parles.

1. je revien-
drai vous
chercher...

1. Tout est encore là

1. Heureusement qu'ils ne se sont pas donné la peine de réparer la fenêtre...

1. Voilà. Pas mal pour une planche à repasser.

2. Des pistes noires jusqu'en bas

3. Bon, il faut bien une première fois à tout...

1. une sorte de traîneau ou de luge
2. pas si idiot
3. moto-neiges
4. Et
5. Quoi qu'il utilise
6. incapable

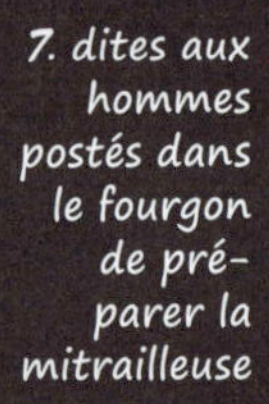

7. dites aux hommes postés dans le fourgon de préparer la mitrailleuse
8. sera une cible facile

9. J'aurais aimé
10. peu importe
11. Retournons
12. tous les deux

WOOOOO-HOO!

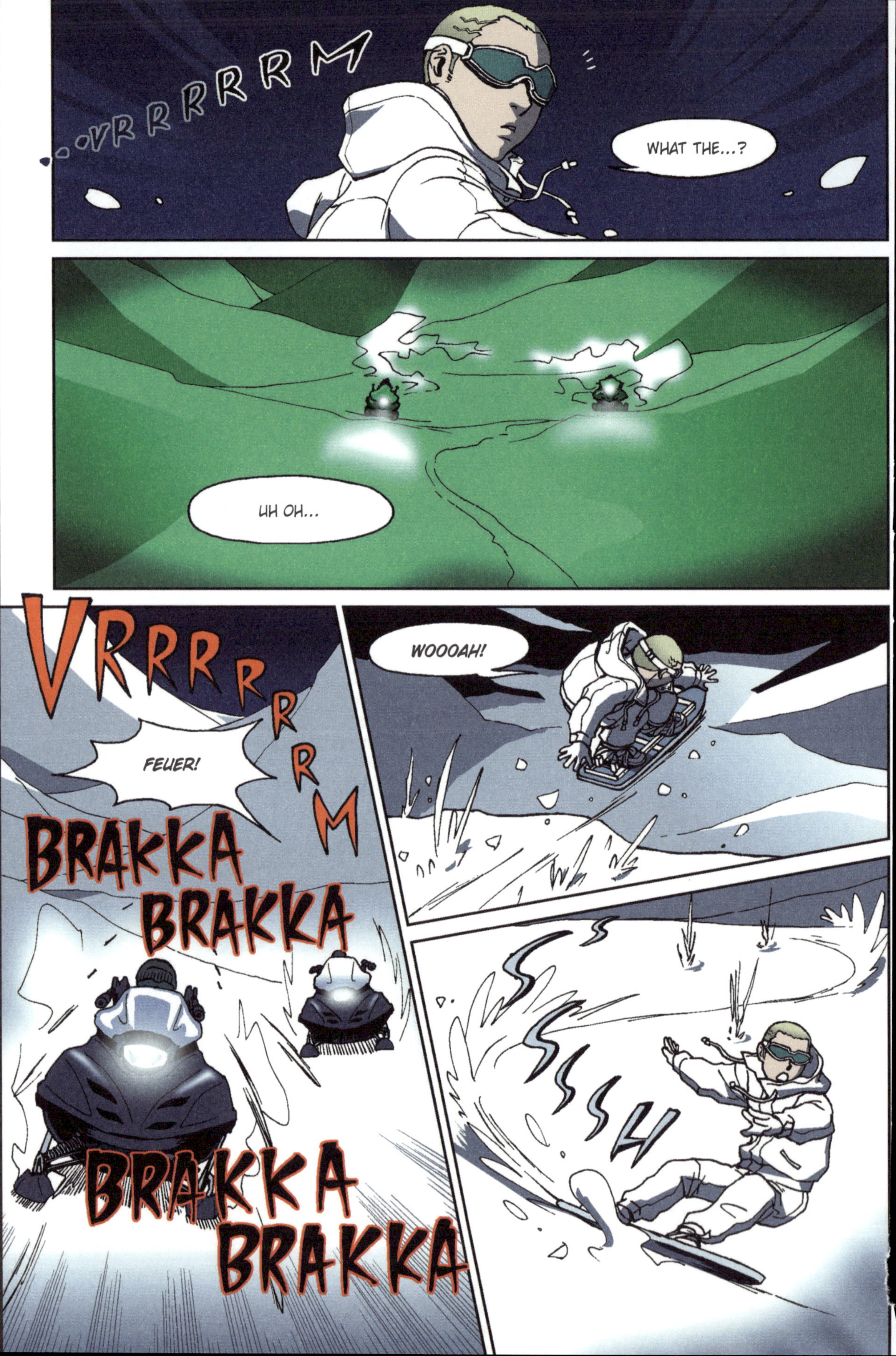

VRRRRRRRM
FEUER!
BRAKKA BRAKKA
WOOOAH!
BRAKKA BRAKKA
SSSH

FOOOOOOSH
FOLGE IHM!
JAWOHL!
BRAKKA
SNAP
KRAK
BRAKKA
BRAKKA
KRAK
SNAP
WOOOOAH...
MMMF!

AAAAAAH
BOOM!
YEAH! HA HA!
WOOOOSH
VRRRRRM
WOAH!

KRAKK!
NGH!
WHUMP!
WOOOOOSH

1. ... et voilà la voie de chemin de fer dont James a parlé.

HERE GOES NOTHING![1]

1. Bon, allons-y !

1. Au revoir...

...OH, NO.
CHANK!
KRUMP

GRENOBLE HOSPITAL
0500 HOURS
SERVI
ES URGENC
SKRRRRRICH!

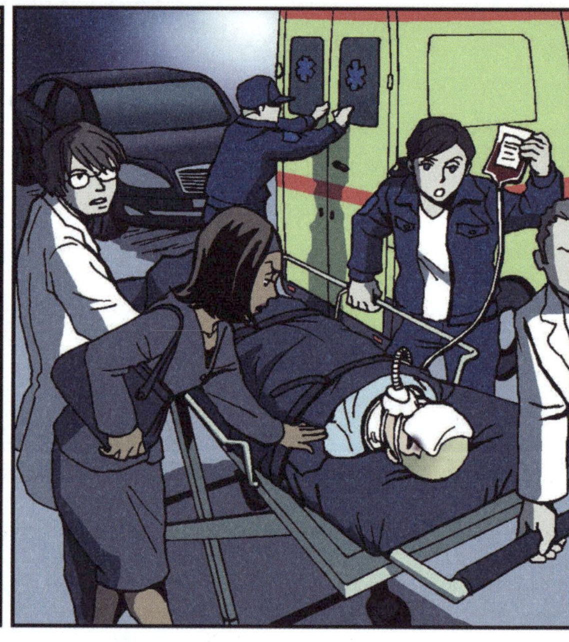

FRAU STELLENBOSCH? ICH HABE GUTE NACHRICHTEN FÜR SIE...

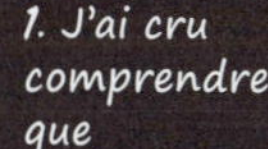

1. J'ai cru comprendre que

2. a été transporté ici

3. sera là

4. Veuillez rester assise

5. a percuté

6. clavicule

7. crâne

8. aussi vite que possible

9. hémorragie

10. il est entré en état de choc

1. Je suis convaincue que vous avez fait tout ce qui était en votre pouvoir.

SAINT-GEOIRS AIRPORT,
GRENOBLE

GRENOBLE HOSPITAL

1. Tu n'as même pas eu une fracture.

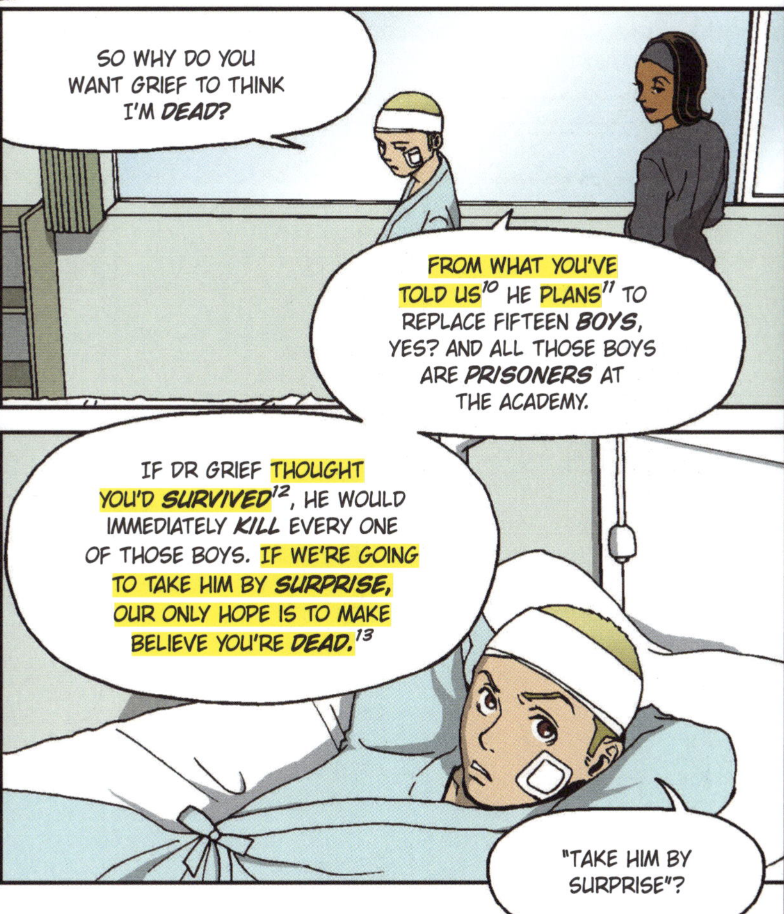

1. la palissade m'a en quelque sorte happé pendant la descente

2. des barbelés

3. prendre d'assaut

4. aurait pu provoquer ta mort et celle des autres garçons

5. On a dû s'approcher lentement pour essayer de comprendre ce qui se passait.

6. À ton avis, comment on a fait pour te trouver si vite ?

7. Depuis que

8. on avait posté des hommes dans la montagne

9. ils ont lancé un appel au secours par radio

10. D'après ce que tu nous a dit

11. envisage

12. pensait que tu avais survécu

13. Si on veut l'avoir par surprise, notre seul espoir est de lui faire croire que tu es mort.

WE'VE ASSEMBLED AN ***ATTACK SQUAD***[1]. THAT'S WHO ***FOLLOWED*** YOU LAST NIGHT. THEY'LL SET OFF[2] TONIGHT, AS SOON AS IT'S ***DARK***[3].

THEY'RE ARMED, EXPERIENCED AND ***READY***[4]. THERE'S JUST ONE THING THEY ***DON'T*** HAVE.

YOU KNOW THE ***BUILDING***. THE LIBRARY, THE SECRET LIFT, THE GUARD POSITIONS, THE PRISON CELLS—

FORGET IT![6] I'M NOT GOING BACK ***UP*** THERE, I ALMOST GOT KILLED TRYING TO GET ***AWAY!***[7]

ARE YOU ***MAD?***

YOU'LL BE LOOKED AFTER.[8] YOU'LL BE ***COMPLETELY SAFE—***

NO!

ALL RIGHT. I CAN ***UNDERSTAND*** YOUR FEELINGS. BUT THERE'S SOMEONE I WANT YOU TO ***MEET.***[9]

1. escadron d'attaque
2. Ils vont se mettre en route
3. dès qu'il fera nuit
4. expérimentés et bien préparés
5. Pas question.
6. Laissez tomber !
7. en essayant de m'échapper !
8. On veillera sur toi.
9. Mais je veux te présenter quelqu'un.
10. Louveteau
11. Comment ça va ?

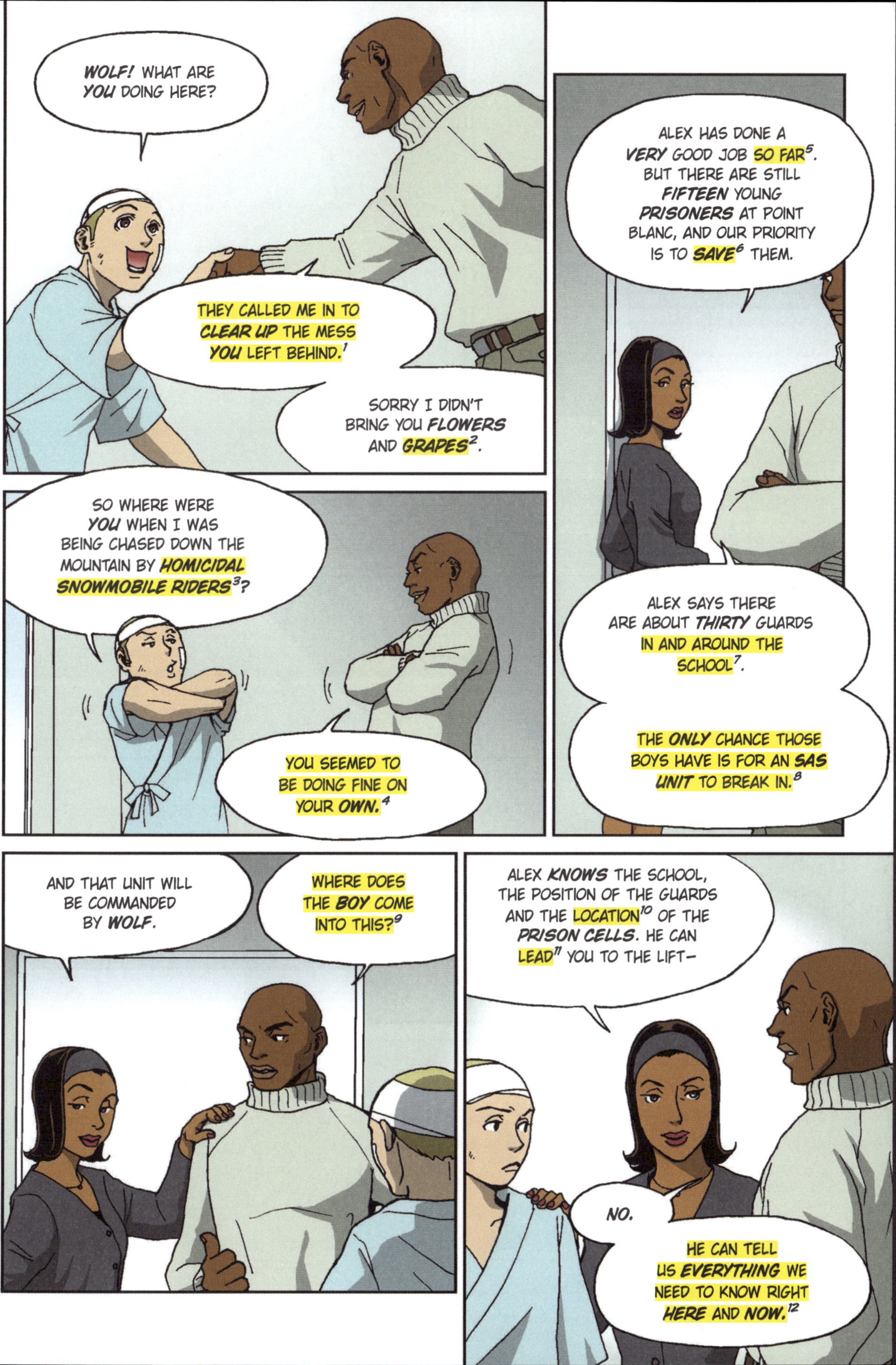

WOLF! WHAT ARE YOU DOING HERE?

THEY CALLED ME IN TO CLEAR UP THE MESS YOU LEFT BEHIND.[1]

SORRY I DIDN'T BRING YOU FLOWERS AND GRAPES[2].

SO WHERE WERE YOU WHEN I WAS BEING CHASED DOWN THE MOUNTAIN BY HOMICIDAL SNOWMOBILE RIDERS[3]?

YOU SEEMED TO BE DOING FINE ON YOUR OWN.[4]

ALEX HAS DONE A VERY GOOD JOB SO FAR[5]. BUT THERE ARE STILL FIFTEEN YOUNG PRISONERS AT POINT BLANC, AND OUR PRIORITY IS TO SAVE[6] THEM.

ALEX SAYS THERE ARE ABOUT THIRTY GUARDS IN AND AROUND THE SCHOOL[7].

THE ONLY CHANCE THOSE BOYS HAVE IS FOR AN SAS UNIT TO BREAK IN.[8]

1. Ils m'ont appelé pour nettoyer tout le bordel que tu as laissé derrière toi.

2. du raisin

3. des assassins en motoneige

4. Tu avais l'air de bien t'en sortir tout seul.

5. jusqu'ici

6. sauver

7. à l'intérieur de l'école et dans les environs

8. La seule solution pour ces garçons, c'est de faire intervenir une unité de commandos.

9. Et quel sera le rôle du jeune [Alex] dans tout ça ?

10. position

11. conduire

12. Il peut nous dire tout ce qu'on a besoin de savoir dès à présent.

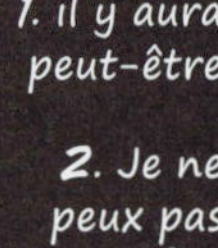

1. il y aura peut-être

2. Je ne peux pas sacrifier un de mes hommes juste pour lui tenir la main !

3. Je n'ai pas besoin qu'on me tienne la main !

4. mieux que vous tous

5. j'en suis ressorti

6. et ce n'était pas grâce à vous

7. En te faisant tuer ?

8. Je peux me débrouiller tout seul !

9. il ne participera pas davantage à

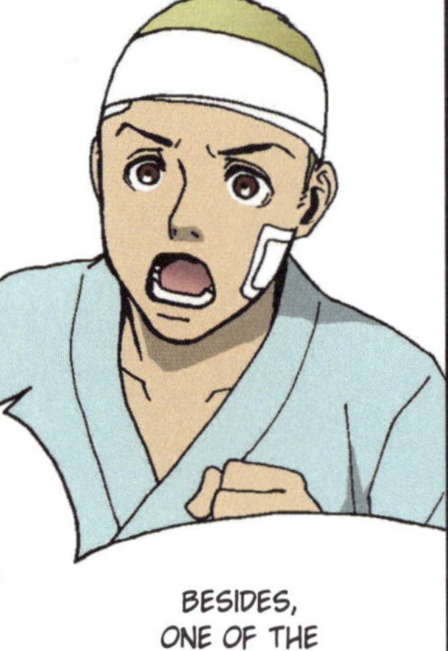

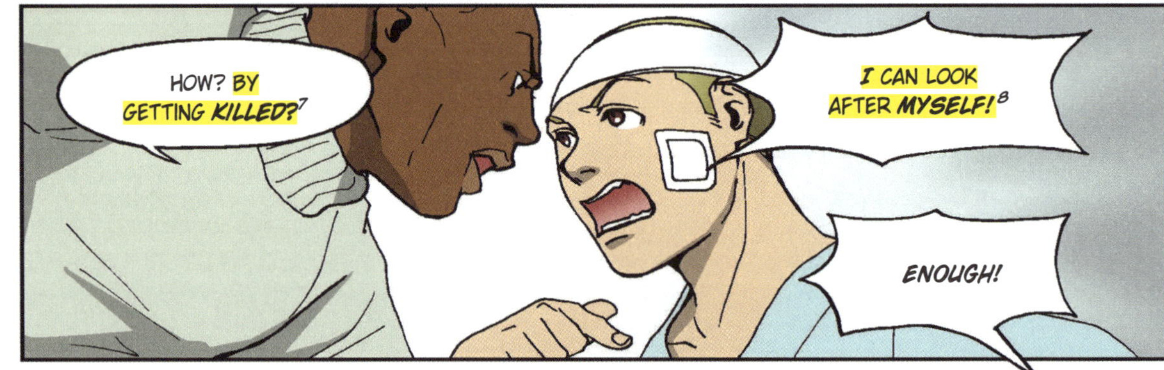

TWO KILOMETRES
NORTH OF POINT BLANC

1. qui patrouillent

2. Alors on le descend en premier.

3. Fais de beaux rêves.

1. Un de descendu.

2. Il n'en reste que vingt-neuf environ...

3. Avancez.

UNH!

WHERE'S THIS *LIFT?*
THE *LIBRARY.* FOLLOW ME.

1. Impressionnant comme endroit.

2. sous écoute

3. Si tu fais sortir les gosses

4. Toi, descends là-bas et sécurise le couloir.

5. Si on nous découvre, c'est là où Grief regardera en premier.

6. Il va falloir l'assommer.

7. Oui, chef !

8. Tu as une idée où elle se trouve ?

EINDRINGLINGE! ALARM!

PTOO

GET DOWN![1]

PTOO

PTOO

PTOO

1. Baisse-toi !

2. Dire qu'on voulait les surprendre...

3. Attention !

1. Passez aux armes tradition-nelles !

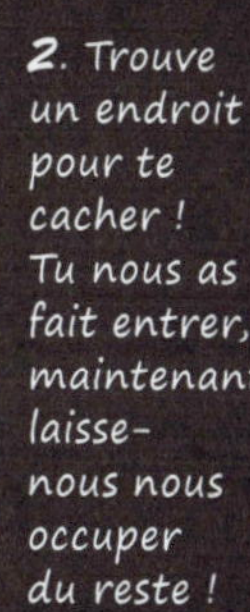

2. Trouve un endroit pour te cacher ! Tu nous as fait entrer, maintenant laisse-nous nous occuper du reste !

1. Ce n'est que moi.

ONLY ME.[1]

WAS...?
EIN *JUNGE?*

OOF!

WUD

SMAK!

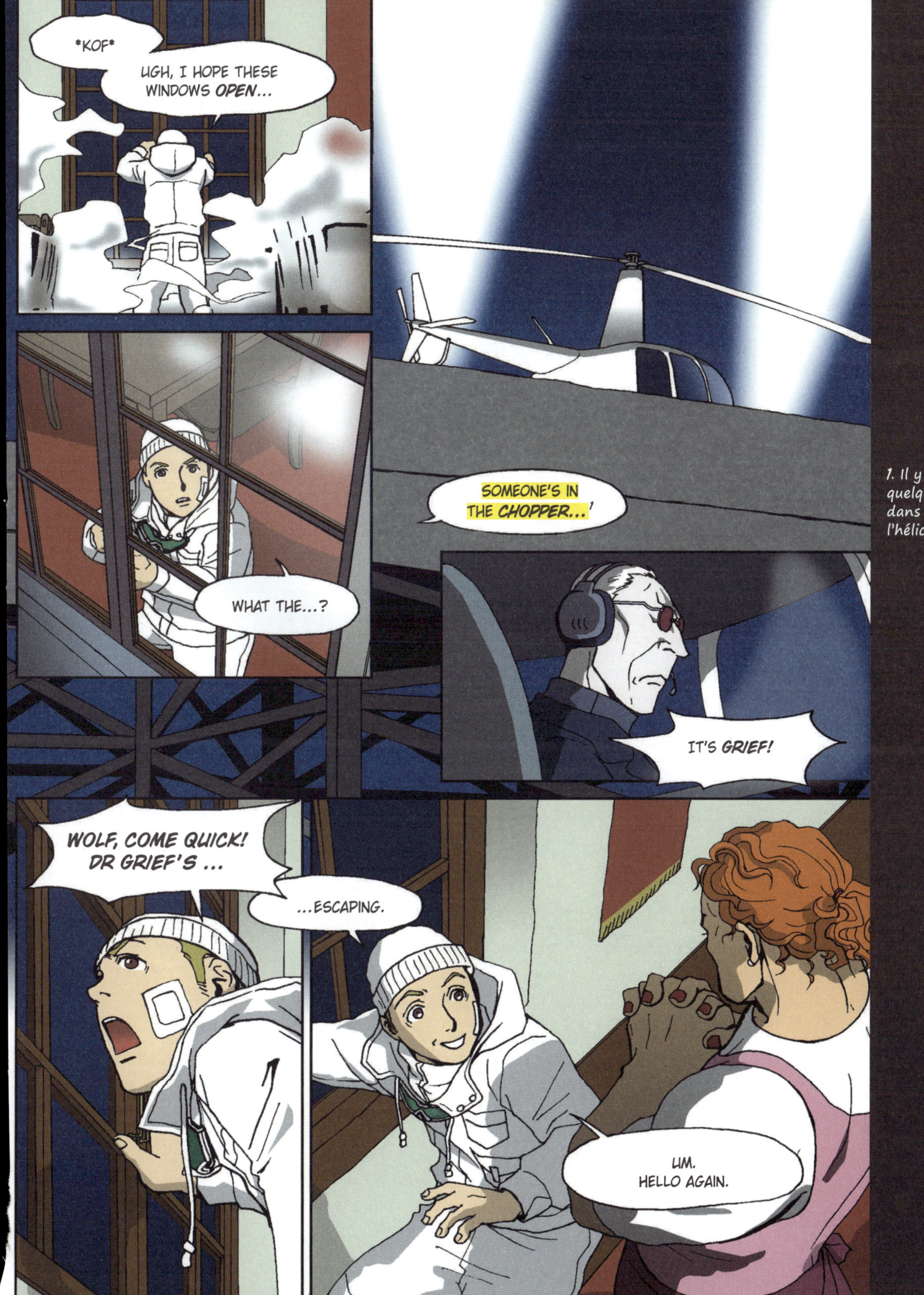

1. Il y a quelqu'un dans l'hélico...

YOU BROUGHT THEM HERE!
YOU RUINED ***EVERYTHING!***[1]

THAT'S ...
MY ***JOB***...

1. Tu as tout foutu en l'air !

2. T'as pas mieux ?

1. Petit morveux.

KRASSSH

WOLF!

I'M ... OK ...
KEVLAR **VEST**[1]...

CAME **LOOKING**... FOR YOU... GLAD
I FOUND YOU...[2]

WUPPA
WUPPA
W

GRIEF! HE'S
GETTING **AWAY!**[3]

1. gilet

2. Suis venu... te chercher... content de te retrouver...

3. Il s'échappe !

4. Je ne le laisserai pas s'échapper !

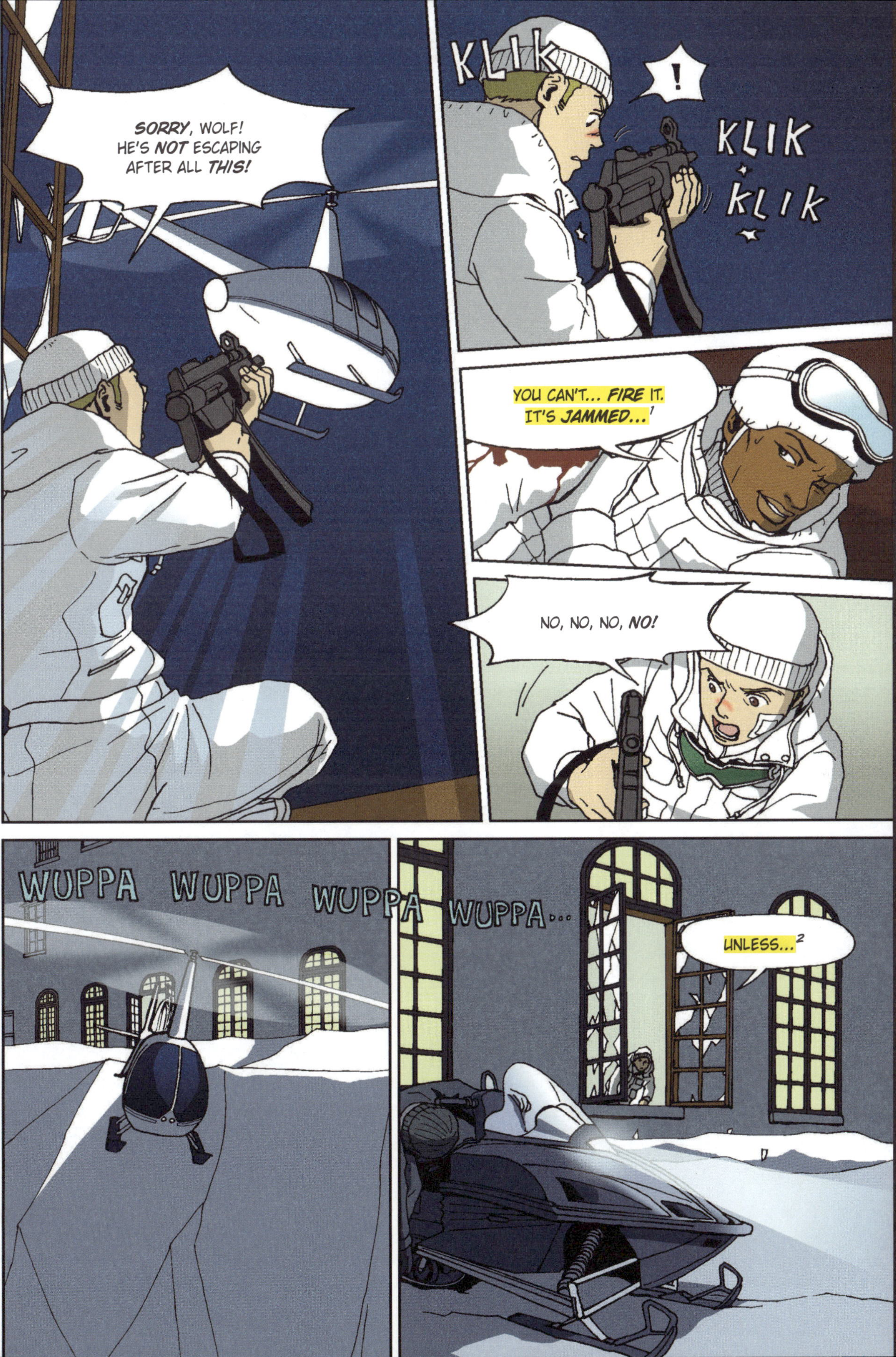

SORRY, WOLF! HE'S NOT ESCAPING AFTER ALL THIS!

KLIK

!

KLIK KLIK

YOU CAN'T... FIRE IT. IT'S JAMMED...[1]

NO, NO, NO, NO!

1. Tu ne peux pas... tirer avec. Il est coincé...

2. À moins que...

1. Excusez-moi !

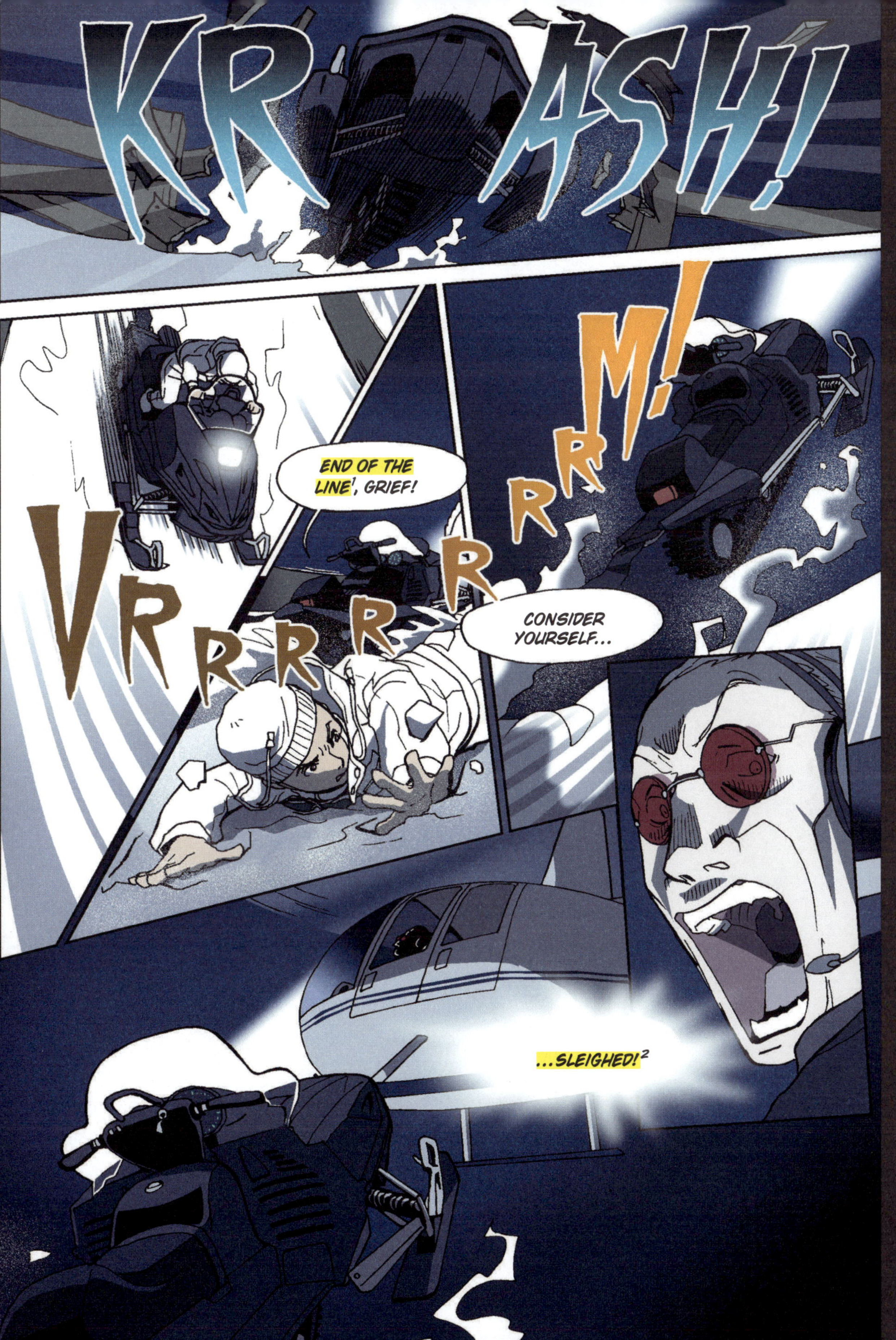

1. Terminus

2. [Jeu de mots : « slay » signifie « tuer » et se prononce comme « sleigh » (traîneau). Donc, « to be sleighed » signifierait « recevoir un coup de traîneau » et fait penser à « to be slayed » (se faire tuer). En réalité, le participe passé de « slay » n'est pas « slayed » mais « slain »: Alex fait une entorse à la grammaire pour réussir son jeu de mots !]

BOOOM!

1. Il semblerait qu'on te doive des remerciements.

2. N'importe quoi.

3. le futur même

4. descendance

5. tous les quinze

6. sous les verrous

7. on a étouffé l'affaire

8. êtres

9. elles sont juste ravies de revoir leurs fils

10. [loi relative aux secrets d'État]

11. qu'il sera complètement guéri

12. Il y a eu une seule victime, l'homme qui, comme tu l'as vu, a été abattu par le Dr Grief.

13. blessés

14. Autrement

1. ça vous était égal

2. J'ai assez donné.

3. me faire chanter

4. Avant, je pensais que faire l'espion était quelque chose de passionnant et d'exceptionnel.

5. aussi méchant que

6. Il reviendra.

1. Je suis de retour... Qu'est-ce qu'on mange ?

2. Je pensais que tu venais de ressortir.

3. proviseur

4. J'ai intérêt à y aller tout de suite.

5. je mangerai quelque chose à mon retour

1. Tu vas voir M. Bray ?

2. Il ne m'a pas dit qu'il serait là aujourd'hui.

3. Remarque

4. Je reviens à 17 heures pour fermer. Il faut que tu sois sorti avant.

5. À plus

1. TOC TOC [« to knock » = frapper]

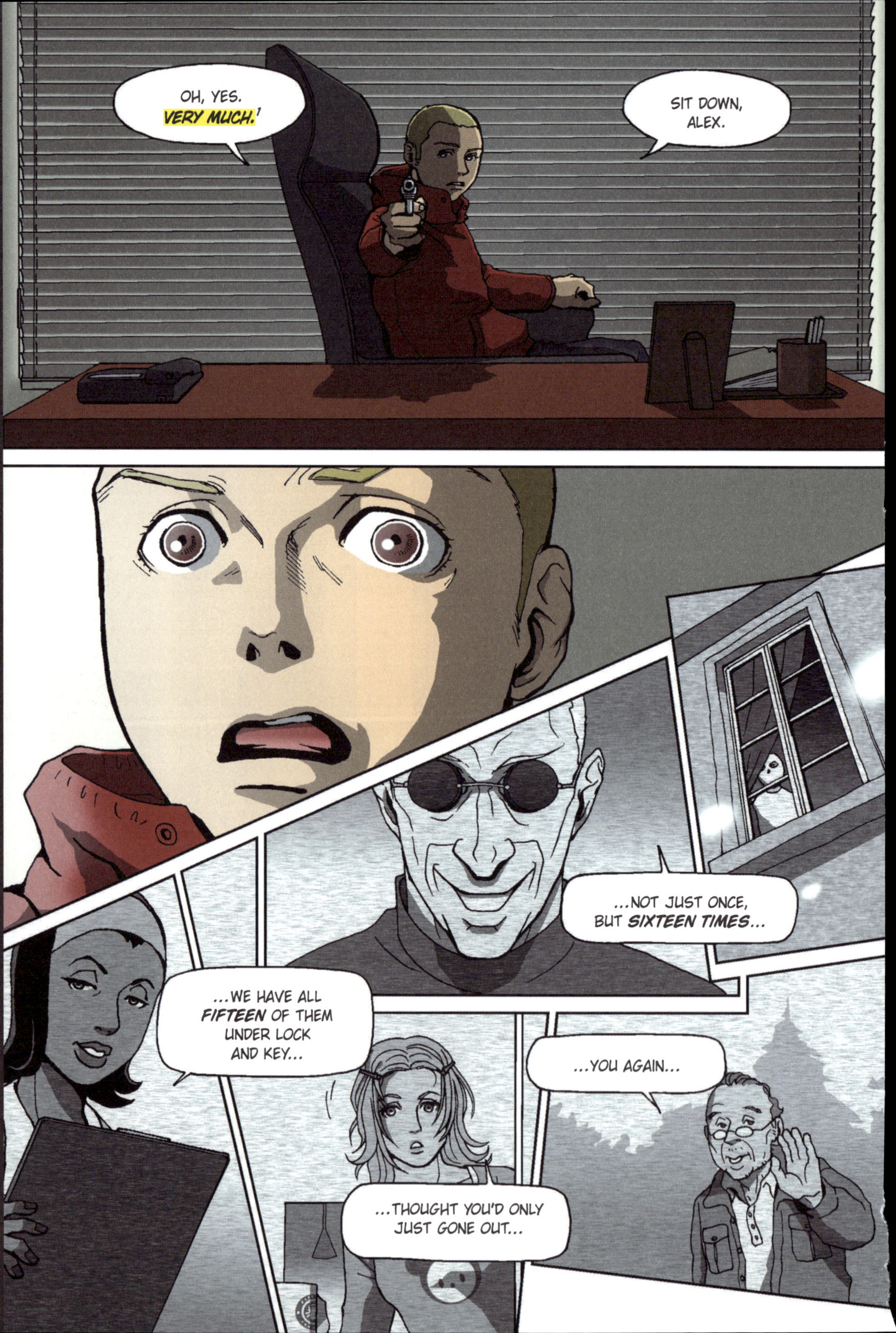

1. J'en avais très envie [de te voir].

1. J'attendais ce moment avec impatience.

2. Tout est fini.

3. Tu as intérêt à te rendre

4. J'ai besoin d'une seule chose: te voir mort.

5. éprouvette

6. monstre

7. fabriqué à la main

8. horloge à coucou

9. Tu ne tiendrais pas une seule semaine.

10. Tu as le mot « contrefaçon » gravé sur le front.

11. On aurait pu tout avoir !

12. Je m'en fiche de ce qui peut m'arriver maintenant... tant que t'es mort !

1. Reviens immédiatement !

1. tuyaux à gaz

BOOM!

UNH...

BLAM

WHERE ARE YOU *GOING*, ALEX?
HA HA HA!

WHACK!

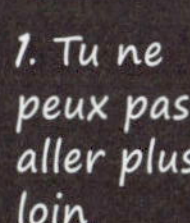
1. Tu ne peux pas aller plus loin

CHOK!

WUD!

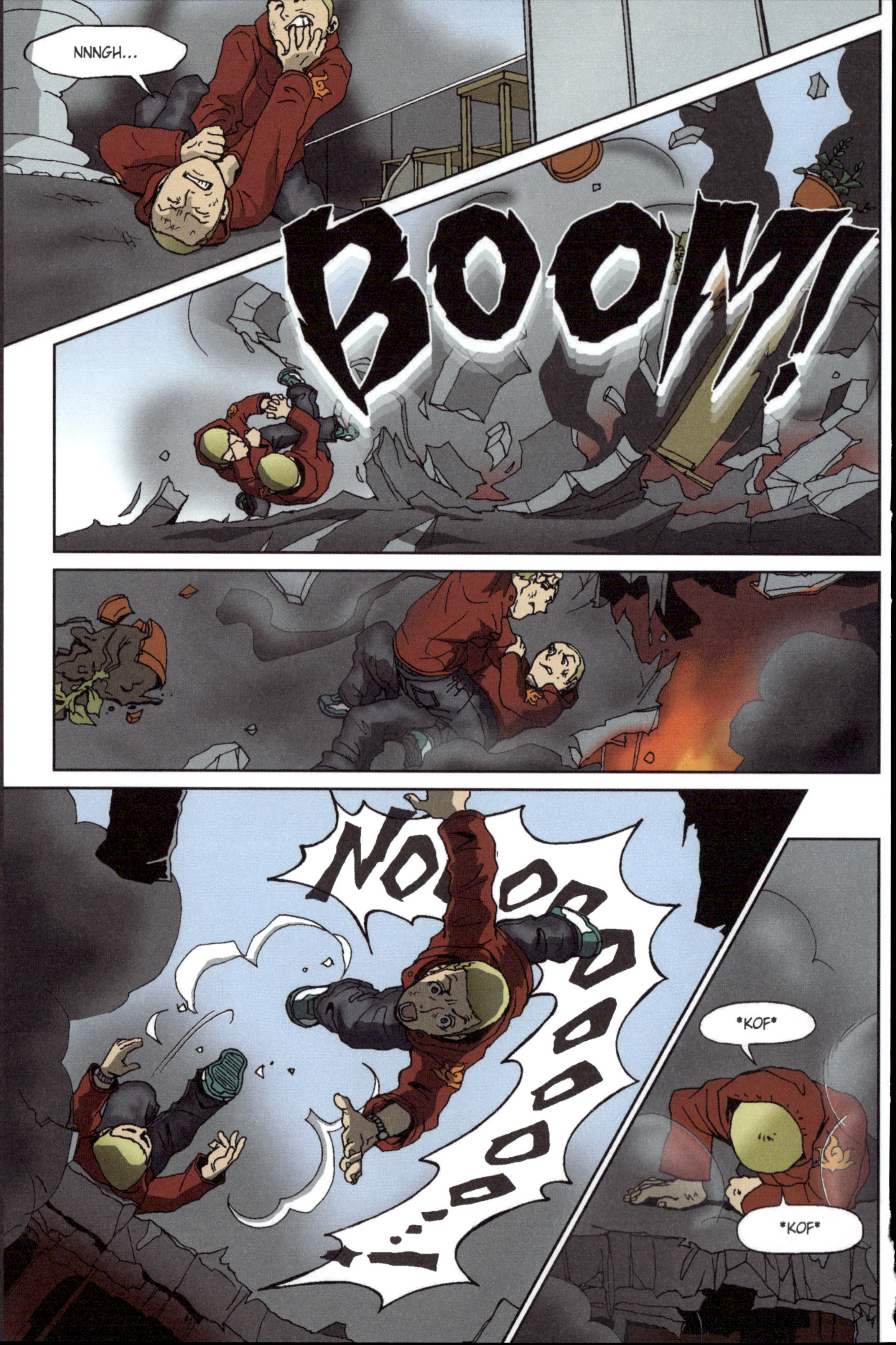

NNNGH...

BOOM!

NOOOOOOOOOOO...!!

KOF

KOF

WOOOOOOO
WOOOOOOOOOO
SCREEECH!
UP HERE!
KOF
QUICKLY!

HANG ON![1]
WE'RE COMING!

COME ON,
QUICKLY!
GET IN![2]

I'VE GOT YOU[3],
I'VE GOT YOU!

WHAT'S YOUR
NAME, SON?

KOF
ALEX RIDER...

...WHO ELSE?[4]

THE END

1. Tiens bon !

2. Monte là-dedans !

3. Je te tiens

4. ... Qui voulez-vous que ce soit ?

blockbuster movie[4] STORMBREAKER from his own novel[5], and also writes extensively[6] for TV, with programmes including MIDSOMER MURDERS, COLLISION, INJUSTICE and FOYLE'S WAR. Anthony Horowitz is the author of THE HOUSE OF SILK: THE NEW SHERLOCK HOLMES NOVEL. He is married to television producer Jill Green and lives in Clerkenwell with his two sons, Nicholas and Cassian, and the ghost[7] of their dog, Lucky.

www.anthonyhorowitz.com

ANTONY JOHNSTON, who wrote the script for this book, is a veteran author of comics[8] and graphic novels[9], from superheroes such as DAREDEVIL and WOLVERINE, to science-fiction adventures like WASTELAND and DEAD SPACE, and even thrillers such as THE COLDEST CITY and JULIUS. He also writes videogames, including many of the DEAD SPACE series, and other games like BINARY DOMAIN and XCOM. His debut fiction novel[10] FRIGHTENING CURVES won an IPPY award for Best Horror. Antony lives in North-West England with his partner[11] Marcia, his dogs Connor and Rosie, and far too many gadgets with apples printed on them.

www.antonyjohnston.com

The artwork[12] in this graphic novel is the work of two artists, **KANAKO DAMERUM** and **YUZURU TAKASAKI**, who collaborate on every illustration. Although living on opposite sides of the globe, these Japanese sisters work seamlessly[13] together via the Internet.

Living and working in Tokyo, **YUZURU** produced all the line work[14] for these illustrations using traditional means[15]. The quality of her draughtsmanship[16] comes from years of honing her skills[17] in the highly competitive world of manga.

KANAKO lives and works out of[18] her studio in London. She managed and directed the project as well as colouring and rendering the artwork digitally[19] using her wealth of knowledge in graphic design.

www.manga-media.com
www.thorogood.net

3. a reçu de nombreux prix

4. a écrit le scénario du film à grand succès

5. à partir de son roman

6. beaucoup

7. fantôme

8. bandes dessinées

9. de romans graphiques

10. premier roman

11. compagne

12. L'illustration

13. de façon homogène

14. tous les dessins au trait

15. moyens

16. coup de crayon

17. pendant lesquelles elle a peaufiné sa technique

18. travaille dans

19. la numérisation de l'illustration

Collect all the Alex Rider graphic novels

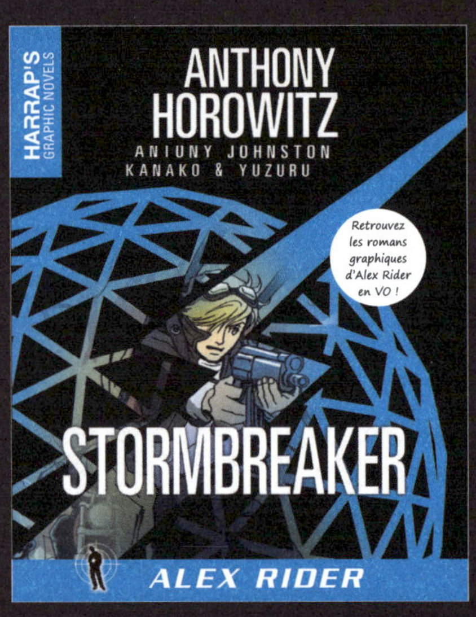